# 서치라이트와
# 유인등

サーチライト と 誘蛾灯

# 서치라이트와 유인등

サーチライト と 誘蛾灯

사쿠라다 도모야 소설

구수영 옮김

# 차례

서치라이트와
유인등

파닥파닥 소리를 내며 작고 검은 덩어리가 시야 가장자리를 스쳐 지나갔다. 흠칫 놀란 요시모리는 반사적으로 몸을 돌리며 그것이 날아간 쪽을 향해 손전등을 비추었다. 하지만 불빛이 닿은 곳에는 벤치 위에서 뜨거운 포옹을 나누는 남녀 한 쌍이 있을 뿐이었다.

상록 참나무 잎이 가로등 불빛을 가려 밤인데도 나무 그늘이 짙게 드리워져 있었다. 남자는 퇴근길인지 양복 상의를 벗어 벤치 등받이에 걸쳐두고 넥타이를 거칠게 풀어헤친 상태였다. 여자는 여름답게 흰색 민소매 블라우스에 짧은 스커트를 입었고, 얼굴을 기울일 때마다 뒤로 하나로 묶은 머리카락이 말 꼬리처럼 느릿하게 흔들렸다.

뜻밖의 스포트라이트에 놀란 여자는 남자 뒤로 숨으려는

듯 몸을 바짝 붙였다. 남자는 그것을 구애로 받아들였는지 한층 대담하게 손을 놀리기 시작했다. 여자는 가냘픈 어깨를 떨면서 작은 목소리로 남자를 제지했다.

"아니, 그게 아니라 저기."

"어디? 여기?"

"이 바보! 저기를 보라고!"

얼굴을 요시모리 쪽으로 홱 돌린 남자는 "어?" 하고 눈이 부신 듯 눈살을 찌푸렸다. 하지만 겁을 먹지는 않았는지 요시모리에게 따지듯 소리쳤다.

"당신 누구야! 뭐 하는 짓이야!"

볕에 그을려 커피 원두처럼 까맣게 탄 얼굴이 손전등 불빛을 받아 번들거렸다.

"아니, 바쁘신데 죄송합니다. 그런데 저기 뭐랄까, 그게 말이죠……."

남자의 기세에 눌린 요시모리는 괜스레 말꼬리를 흐렸다.

"경찰이신가?"

"아닙니다."

"그럼? 엿보는 게 취미야? 나이깨나 먹고 이게 뭐 하는 짓이람."

"그렇지 않습니다. 저는 정년퇴직 후 자원봉사로 공원 순찰을 하는 사람입니다."

요시모리는 팔에 찬 완장을 들어 보였다. '나카마치 도토리 공원 순찰대'라고 적혀 있었다.

"순찰대? 그래서 무슨 용건인데?"

"무슨 용건이냐니……."

요시모리는 남자의 태도를 보고 슬쩍 전략을 바꾸기로 했다. 원래라면 2인 1조로 순찰을 돌지만, 오늘은 같이 나오기로 했던 파트너가 감기에 걸려 혼자였다. 남자가 힘으로 밀어붙이면 버틸 자신이 없었다.

"여기는 공공장소니까요, 그런 행위는 다른 곳에서 해주시면 안 될까요. 그렇지 않으면 제가 혼나서……."

요시모리만큼 스스로를 낮춰 말하는 데 능한 사람도 마을에 드물 터였다. 그러자 아까의 오만함은 오히려 쑥스러움을 감추기 위한 것이었던 듯 험악하던 남자의 표정이 살짝 누그러졌다.

"흐음…… 나도 압니다. 여긴 그냥 만나기로 한 장소였는데 제가 좀 지나치게 들떴던 모양이네요. 걱정 마세요. 나머지는 다른 데 가서 할 테니까."

남자가 입 밖에 낼 필요가 없는 말을 굳이 덧붙이자, 여자는 고개를 숙인 채 "바보"라고 중얼거렸다.

"그러시다면 잘 부탁드리겠습니다."

요시모리가 고개를 숙였다.

"네네. 그렇지 않아도 잘해볼 생각입니다."

"바보."

불손하게 웃는 남자의 재촉을 받아 벤치에서 일어난 여자의 얼굴이 살짝 엿보였다. 요시모리가 보기에 남자는 40대 후반인데 여자는 20대 중반. 나이 차만 봐도 남자가 괜한 위세를 부리는 이유를 짐작할 수 있었고, 어느덧 하반신도 정년을 맞이한 요시모리는 어딘가 한 대 얻어맞은 기분이 들었다.

남자의 팔에 안긴 여자는 묶은 머리를 살짝 흔들며 남자의 목덜미에 코를 비볐다. 두 사람이 멀어지는 뒷모습을 보고 있자니, 방금까지 아무렇지 않았던 습한 더위가 갑자기 짜증스러워져서 이유 없이 손전등을 휘두르며 순찰을 돌기 시작했다.

도토리 공원은 옛 시청 터를 녹지로 만든 곳으로, 조성된 지 30년이 되었다. 위에서 내려다보면 정사각형에 가까운 형태로, 이름은 귀엽지만 둘레가 약 800미터에 이르는 제법 큰 공원이다. 부지는 사람 키 높이의 철제 울타리로 둘러싸여 있고, 서쪽 한 면만 벽돌 담이다. 옛 시청의 흔적을 보존한다며 그 부분만 남겨둔 것이다. 울타리에는 남쪽, 북쪽, 동쪽 세 군데에 틈이 있고, 그곳이 공원 출입구였다. 요시모리는 언제나 북쪽 출입구로 들어와 시계 방향으로 한 바퀴를 돌았다.

울타리와 담장 안쪽에 심긴 단풍철쭉 산울타리가 공원을 둘러싸고 있다. 그리 키 큰 수종은 아니지만, 공원 부지가 주변 도로보다 한 단 높아 외부 시선을 가리기에 충분했다.

요시모리는 남문 근처에 있는, 공원에 하나뿐인 작은 화장실로 향했다. 며칠 전, 공원 내에서 금지된 불꽃놀이의 잔해가 한꺼번에 버려진 것을 발견한 적이 있었다. 자칫 불이라도 나면 큰일이다. 혹시 사람이 있는지 확인하며 칸막이 안쪽까지 둘러봤다. 좋아, 오늘도 이상 없군……. 그렇게 생각하며 화장실을 나와 서쪽 담 쪽을 바라본 순간, 묘한 움직임을 보이는 사람 하나가 눈에 들어왔다.

커다란 하얀 시트를 펼쳐서 가느다란 기둥 위에 맞배지붕, 그러니까 산 모양으로 씌우려 하는 것 같았다. 천을 덮자 기둥이 휘청하며 쓰러지고, 쓰러진 기둥을 다시 세우려다 이번에는 천이 발에 감겨 넘어질 뻔한다. 그 모양이 가로등 불빛에 고스란히 드러나 한층 더 우스꽝스러워 보였다.

작업 중인 사람은 젊은 남자였다. 요시모리는 천천히 그에게 다가갔다. 흐흠, 하고 콧김만 세게 내뿜을 뿐, 도무지 일이 진척되지 않는 눈치다. 얼굴이 전혀 무섭게 생기지 않았다는 점에 안심한 요시모리는 가볍게 헛기침을 했다.

"커흠. 이 시간에 여기서 뭘 하는 건가?"

말을 건네자 남자는 "우왓!" 하고 과장되게 소리치며 온몸을 들썩였다. 요시모리를 보더니 입을 뻐끔거리며 무언가 말하려 했지만 아무 말도 나오지 않았다. 이쪽이 되레 미안해질 만큼 우왕좌왕하면서도, 한편으론 손을 멈출 생각은 없는지 시선은 요시모리를 향한 채 슬쩍 천을 기둥에 다시 걸어 보려 하고 있었다. 요시모리는 어이없어하며 말했다.

"이봐! 그 손 멈춰!"

요시모리가 목소리를 높이는 순간, 남자는 천을 바닥에 떨어뜨리고 두 손을 번쩍 들었다.

"아니, 손까지 들 필요는 없어. 내려도 돼."

"경찰은 아니시군요."

"공원 순찰 중이야."

"깜짝 놀랐습니다."

남자는 손을 내려 가슴에 얹고 힘없이 웃었다. 흰 천을 주워 개키고 기둥들을 하나로 묶어 겨드랑이에 끼는 동작이 의외로 능숙했다. "좋아" 하고 나직이 중얼거린 그는 다시 요시모리를 향해 말했다.

"그럼, 실례하겠습니다."

그가 가볍게 고개를 숙이고 슬쩍 발을 떼려는데 요시모리가 놀라 소리쳤다.

"멈춰! 누가 가도 좋다고 했지?"

남자가 돌아보자 요시모리는 한숨을 섞어 말했다.

"뭐랄까…… 자네는 사람을 괜히 놀라게 하는군."

"제가 울렁증이 있어서요."

남자가 머리를 긁었다. 손에 든 짐 때문에 제대로 긁지도 못하면서.

"그런 말로 얼렁뚱땅 넘길 생각 말아. 그래서 대체 뭘 하고 있었던 거지?"

"소문을 들었거든요……."

그 답에 요시모리는 '역시 그거로군' 하고 속으로 고개를 끄덕였다.

"잘 들어. 한때 농담 삼아 '성지'라 불리던 시절도 있었지만, 여기는 이제 그런 곳이 아니야. 시청도 주민도 경찰도 얼마나 골치를 썩었는지……."

남자는 영문을 모르겠다는 표정이었다.

"경찰이 골머리를 앓을 정도의 일인가요?"

"나도 처음엔 그렇게 생각했어. 하지만 마치 자기 집 마당처럼 공원을 점거하고 눌러앉은 자네 동료들 때문에 문제가 된 거야. 공공의 의미를 모르는 건지."

요시모리는 방금 목격한 벤치 위의 남녀를 떠올리며 씁쓸해졌다.

"점거라니요? 그렇게 사람이 많이 몰렸나요?"

"그래서 결국 조례까지 만들어졌잖아."

"조례요? 언제 조례가 생겼죠?"

"두 달쯤 됐지."

"두 달 전요? 그땐 아직 6월이었잖아요."

"더워지기 전에 해치우고 싶었겠지."

"그 시기 그들이 여기 와서 뭘 했는데요?"

"물론 눌러앉아 살았지."

"눌러앉아 살았다고요? 6월에요? 어라? 그건 유충 이야기 인가요?"

"맞아. 정말이지 해충 같았어."

"유충이라는 말은…… 그렇군요, 작년부터 이미 이 공원에 왔단 이야기네요."

"작년뿐이겠어?"

"아니, 잠시만요……. 6월이라면 시기적으로 그…… 소나 기도 자주 내렸을 텐데."

"어, 구사나기를 아는구먼? 역시 한 패였나. 전에도 여기 왔었지?"

"아니요. 오늘 처음 왔습니다. 그나저나 꽤 알려진 곳이었 나 보군요."

"유명한 곳이지. 계속 모르는 척하는 건가."

"그게 아니라, 저는 최근 2주 사이에 화제가 된 줄 알았거든요.”

“2주? 무슨 말을 하는 거야. 강제퇴거는 6월 말이었어. 벌써 한 달도 넘었지.”

“마을 공원에 장수풍뎅이가 있는 건 드문 일이니 인파가 몰리는 것도 이해하지만……. 그렇다 해도 조례라느니 강제퇴거라느니, 대처가 꽤 과격하네요.”

“그 정도로 안 하면 안 될 만큼 이 공원은 무법천지였……. 응? 지금 장수풍뎅이라고 했나?”

그렇게 들린 것 같았다.

“하지만 순찰관님.”

“경찰관처럼 부르지 마.”

“곤충 애호가들을 그렇게까지 탄압하는 건 너무하지 않나요? 질서도 중요하지만 너무 난폭한 것 같은데요.”

“잠깐만.”

“설마 저도 체포되는 건가요? 아직 한 마리도 못 잡았는데.”

“그러니까 잠깐 기다리라니까. 자네, 아까부터 무슨 소릴 하는 거야?”

“그러니까 조례에 관해서는 미처 몰랐으니 제가 장수풍뎅이를 잡으려던 걸 이번 한 번만 못 본 척해달라는 부탁을 드리는 거예요.”

"그런 이야기 한 적 없는데? 이 공원에서 숙박하는 건 금지라고 설명한 거야. 우리 순찰대는 노숙자들이 자리를 못 잡게 이렇게 매일 순찰하는 거라고."

"노숙자? 노숙자랑 장수풍뎅이랑 무슨 상관인데요?"

"그건 내가 묻고 싶은 말이야. 아까부터 장수풍뎅이, 장수풍뎅이 하는데, 자네, 정체가 뭐지? 이 이상 터무니없는 소리를 하면 정말로 신고할 거야."

"혹시 저를 노숙자라고 생각하신 건가요?"

"아닌가?"

"제가 어딜 봐서 노숙자예요!"

"어딜 봐서냐니. 방금 텐트를 치려고 했잖아."

"아, 이런."

남자는 당황하면서도 어딘지 모르게 이해한 듯한 미묘한 표정으로 하늘을 올려다보며 가볍게 고개를 끄덕였다.

"지금에야 상황이 이해됐습니다."

이제야 인정하는 건가. 요시모리는 그렇게 판단하고 바지 주머니에서 펜과 수첩을 꺼냈다.

"일단 적어둬야겠어. 이름이?"

"성은 에리사와입니다."

"에리사와라……. 어떤 한자를 쓰는데?"

"물고기 변에 들 입 자를 써서 에리鯍, 사와는 못 택 자인사와<sup>沢</sup>예요."

"에리사와라……. 보기 드문 성이군. 이름은?"

"센입니다."

"센……이라. 생선 선<sup>鮮</sup> 자를 써서 센이라고 읽나? 온통 물고기구먼."

"아닙니다. 샘 천의 센<sup>泉</sup>입니다."

에리사와는 분개한 표정이었다.

"물고기에 못에 샘이라. 어딘지 물비린내 나는 이름이네."

"저도 그렇게 생각합니다."

"직업은?"

"귀족입니다."

요시모리는 펜을 멈췄다.

"……귀족?"

"네…… 독신 귀족입니다."

이런 상황에서도 농담을 던지다니. 요시모리는 새삼 감탄했다.

"뭐랄까, 자네는 참 대단하군."

"헤헤. 별거 아닙니다."

정말 칭찬으로 받아들인 듯 기뻐하는 표정이었다.

"이봐. 칭찬 아니야. 뭐, 됐어. 무직이라는 말이군."

"무직은 아닌데요……."

“그래서 여기서 뭐 하고 있던 거지? 벌써 몇 번째 묻는 거긴 한데.”

요시모리는 모자를 벗어 땀을 닦았다.

“그러니까 장수풍뎅이를 채집하려고 했습니다. 몇 번이고 말씀드리지만요.”

에리사와도 따라하듯 이마를 문질렀다.

“거짓말 마. 그게 어딜 봐서 곤충 채집이야! 여기에 텐트를 치고 자려고 한 거잖아.”

요시모리는 에리사와가 들고 있는 천과 기둥을 가리켰다.

“오해입니다. 캠핑하려던 게 아닙니다. 이건 텐트가 아니라 장수풍뎅이를 유인하는 도구예요.”

“뭐라고?”

“아시다시피 장수풍뎅이는 야행성인데요…….”

“그런 거 알까 보냐!”

“네? 이거 곤란하네요. 이야기가 전혀 진전이 안 되니.”

“그건 내가 할 말이야!”

“밤에 날아다니는 장수풍뎅이는 빛에 끌리는 습성이 있습니다. 그래서 이런 하얀 시트에 빛을 반사시키면 그걸 보고 날아오거든요. 날아온 벌레는 천에 부딪혀 떨어지니까, 그때 슬쩍 주워 담으면 됩니다.”

에리사와는 슬쩍 집어 드는 시늉까지 해 보였다.

"날아오다니, 가까운 산에서 여기까지 거리가 얼만데."

"그러니까 드문 일이라고 화제가 된 거죠. 다만 장수풍뎅이가 하룻밤에 몇 킬로미터를 비행하는지에 관해서는 데이터가 있습니다."

"어디에?"

"오카야마에 사는 오다만나 사이토 씨 블로그에요."

"오다만나 사…… 뭐라고?"

"필명이에요."

"자네가 하는 말은 하나도 이해할 수가 없구먼."

어이없어하면서도 요시모리는 아까 시야를 스쳐 간 검은 덩어리를 떠올렸다. 혹시 그게 장수풍뎅이였을까.

"제 설명, 이제 이해하셨죠?"

"자네, 참 수상한 사람이야."

"그렇지 않다니까요."

에리사와는 아이처럼 볼을 잔뜩 부풀렸다.

"설마…… 날 속이려는 건 아니겠지?"

"그럴 리가요. 그보다 순찰관님."

"그러니까 경찰관처럼 부르지 말라니까?"

"그럼, 할아버지."

"누가 할아버지야! 요시모리라는 제대로 된 이름이 있다고."

"그럼, 요시모리 씨. 이 공원에 요즘 새로 설치한 듯한 훌륭한 가로등이 잔뜩 있네요."

"노숙자 강제퇴거 이후에 설치한 거야. 주변이 밝아야 녀석들도 접근하기 어려울 테니까."

시는 도시공원법 및 행정대집행법에 근거해 행정대집행을 단행했다. 무허가 공작물 설치를 이유로 노숙자의 텐트와 골판지 집, 가재도구를 공원에서 치워버린 것이다. 집행 직전에 공원 조례를 개정, 거주 금지 조항을 추가함으로써 퇴거의 근거를 강화하기까지 했다.

그 결과, 쫓겨난 노숙자들은 역 앞과 번화가 쪽으로 옮겨 갔고, 오히려 사람들 눈에 더 잘 띄게 되었다. 그 탓에 '예전보다 치안이 나빠진 것 같다'는 불만이 늘어났다.

그렇다고 모처럼 깨끗해진 공원에 그들을 다시 들일 수는 없다며 시는 가로등을 더 세웠다. 공원이 있는 나카마치에서는 요시모리 같은 동네 노인들이 모여 순찰대를 만들었다. 2인 1조로 짝을 지어 오전 7시와 오후 9시, 하루 두 번 순찰을 돈다. 밤에는 더 늦게 순찰하는 게 좋지 않겠냐는 의견도 있었지만, 노인이 심야에 돌아다니는 건 위험하고, 그 시간까지 깨어 있는 것 자체가 무리라는 이유로 지금 시간대에 자리를 잡았다. 반면, 아침 순찰은 점점 앞당겨지는 경향이 있었다.

"그렇군요. 그래서 올해부터 갑자기 장수풍뎅이가 날아온 것인지도 모르겠네요."

"이런 가로등 때문에?"

"가로등뿐 아니라, 이 공원에는 이름 그대로 훌륭한 도토리나무 숲이 있잖아요. 이건 참나무과죠?"

"맞아. 상록 참나무야."

갓에 줄무늬가 들어간 귀여운 도토리가 열리는 나무다. 옛 시청 시절부터 식수된 나무로, 점심 무렵이면 직장인들이 나무 그늘을 찾아 쉬러 오곤 한다.

"장수풍뎅이가 수액을 아주 좋아하거든요."

에리사와는 가늘고 긴 잎이 층층이 무성한 참나무를 올려다보며 기쁜 듯 말했다.

"장수풍뎅이라……."

요시모리는 이해하겠다는 듯 고개를 끄덕이다가 문득 조금 전의 대화를 떠올렸다.

"잠깐. 자네, 노숙자가 아니라면서 구사나기를 어떻게 아는 거지?"

"누구요? 그런 사람 모르는데요."

"시치미 떼지 마. 아까 입에 올렸잖아. 여기 살던 녀석 중 한 명인데."

구사나기는 3년 전까지 고등학교에서 미술을 가르치다 과중한 스트레스로 학교를 그만두었다. 재취업에 실패해 아내에게 버림받고 노숙자가 되었다는 소문이 돌았다. 하지만 그런 생활이 오히려 체질에 맞았던 모양이다. 전직 교사라는 이유에서인지, 아니면 사람됨이 좋아서인지 노숙자들에게 '선생님'이라 불리며 묘하게 인기가 있었다. 항상 비교적 말끔하게 차려입고 다니는 건 '학생'들의 잘못을 대신 사과하는 일이 많기 때문이라 했다. 근본적으로 성실한 사람이다.

"지금은 길거리에서 한 장에 천 엔씩 받으며 초상화를 그려 팔고 있지."

"예술가답고 멋지네요."

"유유자적한 생활이랄까."

거기까지 말한 후, 심야에 길거리에서 잠을 자던 구사나기가 열사병에 걸려 실려 갔던 일이 떠올랐다. 한 달쯤 전의 일이다. 정신적 스트레스에서는 벗어났지만 몸은 고될 것이다. 아직 50대라고 들었는데.

"그래서, 그런 보헤미안 같은 분의 이름을 제가 말했다고요?"

"말했잖아."

"말한 적 없는데요."

"흐음……, 뭐 됐어. 오늘 밤은 그렇다고 해두지. 다만 헷갈리니까 그런 괴상한 채집 방법은 바꾸도록 해. 공원에서 유행이라도 하면 곤란해."

에리사와는 공손히 고개를 숙였다.

"순찰 덕분에 공원 치안이 지켜지는군요. 어쩐지 역 앞에 노숙자가 늘었다 싶었습니다."

"비꼬듯 말하지 말라고."

분명 몇 주 사이에 역 앞이나 번화가를 배회하는 노숙자 수가 눈에 띄게 늘어난 듯했다. 반대로 공원 주변에서는 그들의 모습을 거의 찾아볼 수 없었다. 숙박을 금지했을 뿐 출입 자체를 제한한 건 아니었다. 공원 화장실의 세면대는 그들의 귀중한 급수원이었는데……. 그런 생각을 하는데 갑자기 에리사와가 "아하하" 하고 웃었다.

"그러고 보니 아까 저한테 주의를 주던 사람도 저를 노숙자로 착각했던 걸까요."

"뭐야, 나 말고 누가 또 뭐라고 했어?"

"네. 여기는 안 되니까 다른 곳을 찾아보라고 꽤 강하게 이야기하던데요. 그분이랑은 영 말이 안 통해서요. 요시모리 씨 동료분인가요? 나중에 사정을 좀 전해주세요."

파트너가 감기를 무릅쓰고 순찰을 나온 걸까.

"뚱뚱한 사람이었나?"

"아뇨, 마른 편이었어요."

그렇다면 아니다. 파트너는 서양배 같은 체형이다.

"뭐, 어쨌든 남에게 폐는 끼치지 말게."

"주의하겠습니다."

"자, 가세. 출구까지 같이 가지."

"네? 저 혼자 돌아갈 수 있는데요."

"아니, 공원을 나가는지 내가 확인할 거야."

요시모리가 북문 쪽으로 걸음을 떼자, 에리사와가 "저기요" 하고 말하며 화장실 근처에 있는 남쪽 출입구를 바라봤다.

"저쪽이 더 가까운데요."

"아직 순찰 안 끝났어. 북문까지 가서 같이 나갈 거야."

에리사와는 대놓고 못마땅한 얼굴이 되었다.

"애초에 왜 제가 공원에서 나가야 하는 거죠?"

"잘은 몰라도 풍기 문란을 일으킬 것처럼 보이거든."

"그런 애매한 이유인가요!"

"나는 아직 자네 말을 완전히 믿지 않아. 도토리 공원 순찰 대로서 끝까지 경계를 늦출 수 없지."

요시모리는 떨떠름한 표정의 에리사와를 이끌고 걷기 시작했다.

"애초에 나이깨나 먹고 장수풍뎅이에 열중하는 게 이상하다고는 생각 안 하나?"

걸으며 훈계를 늘어놓았지만, 대답이 없었다. 옆을 보자 에리사와의 모습이 보이지 않았다. 순간 '도망쳤나?' 싶어 뒤를 돌아보니, 조금 떨어진 곳에서 참나무 밑둥을 꼭 끌어 안고 있었다.

"이봐, 이번엔 또 뭘 하는 거야!"

큰 소리로 불렀다.

"나무를 흔들어봤어요. 장수풍뎅이가 떨어지지는 않을까 해서."

"또 장수풍뎅이야? 사람이 말하면 좀 들으라고!"

요시모리가 성을 내자 에리사와는 "또 혼났네"라고 중얼거리며 걸어왔다.

"자네, 머리가 좀 이상한 거 아닌가?"

요시모리가 물어도 에리사와는 딴청을 부렸다.

"그런데 요시모리 씨, 오늘 달 모양이 어떤지 아세요?"

갑작스러운 질문에 요시모리는 당황했다.

"달 모양? 글쎄……."

밤하늘을 올려다본 요시모리는 손톱만큼 가느다랗고 하얀 달을 겨우 찾아냈다.

"이렇게 달이 기운 밤이야말로 빛을 사용한 채집에 딱 좋아요. 반대로 보름달 때는 곤충들이 달을 향해 날아가서 가로등에는 잘 모이지 않는답니다."

"그렇군……. 근데 난 그런 거에 관심 없어."

요시모리의 한마디에 에리사와는 "그러시겠죠" 하고 어깨를 으쓱했다.

"그래도 열대야를 견디기에는 좋은 곳이네요. 흙과 잔디라서 열이 머물지 않고, 쉴 수 있는 벤치도 놓여 있으니 산책에도 딱 좋고요."

"편하니까 눌러앉으려는 사람이 생겼겠지."

"역시 주변에 폐가 되겠죠?"

"여기저기서 주운 물건을 쌓아두니 공원 한쪽이 쓰레기장이 돼. 아이 있는 집에서는 불안해서 뛰어놀게 할 수 없다는 민원도 들어오고."

"흐음."

"노숙자 한 명을 허락하면 순식간에 동료들이 늘어나. 싹을 잘라야 해. 곤충 채집도 그물을 휘두르는 정도면 괜찮지만, 방치하면 언제 친구들을 데리고 들이닥칠지 모르지. 그러다가 술이라도 마시고 아침까지 저기 언저리에서 뒹굴면 노숙자랑 다를 바 없어."

"예를 들어 저 사람처럼요?"

에리사와가 산울타리 쪽을 가리켰다.

"맞아. 저런 식으로 잠을 자면 매우 곤란…… 어라?"

단풍철쭉 뿌리 사이에 하반신을 둔 채 엎어져 있는 남자가 있었다. 뻗은 오른손에는 맥주 캔이 들려 있었다.

"저 사람…… 자네 친구인가?"

요시모리가 에리사와에게 물었다.

"아니요. 모르는 사람이에요."

"땅바닥을 들여다보며 장수풍뎅이를 잡는 방법도 있나?"

"글쎄요. 들어본 적 없습니다."

"죽은 건 아니겠지?"

"희미하게 코 고는 소리가 들리네요."

"그럼 이번이야말로 풍속사범일 수 있겠군."

요시모리는 손전등을 비추며 남자에게 다가갔다. 혹시라도 갑자기 일어나 달려들면 눈을 향해 빛을 쏠 생각이었다.

"저기요. 죄송하지만 일어나주시겠습니까?"

요시모리의 부름에 검은 폴로셔츠를 입은 남자가 "음냐" 하고 대답했다.

"음냐가 아니라, 이런 데서 주무시면 곤란합니다."

"음냐. 자는 거 아닌데요. 자는 거…… 아닌데…… 으헉! 잠들었었다!"

남자가 팔굽혀펴기하듯 상반신을 일으킨 순간, 단풍철쭉 가지에 몸이 찔린 듯 "으악!" 하고 비명을 질렀다.

"이런, 잠들어버렸잖아. 어쩌죠?"

폴로셔츠 남자가 물었다.

"그냥 이대로 집에 돌아가시면 됩니다."

요시모리는 최대한 침착하게 답했다.

"빈손으로 돌아갈 수는 없는데요."

"그렇죠. 제대로 빈 캔을 가지고 돌아가야죠."

"곤란하네요. 맥주를 마시는 게 아니었는데."

요시모리가 하는 말은 듣는 둥 마는 둥 했다.

"그거 좋아 보이네요. 저도 갖고 싶어요."

에리사와가 느닷없이 끼어들었다.

"아, 이거요? 후훗, 아주 좋답니다."

폴로셔츠 남자는 목에 건 DSLR 카메라를 자랑스럽게 들어 보였다. 요시모리는 손전등 빛을 그쪽으로 향했다.

"밤중에 공원에서 뭘 찍는 겁니까?"

"그건 말씀드릴 수 없습니다."

폴로셔츠 남자가 단호히 말했다.

"말할 수 없다고? 수상하군. 당신, 이름이?"

"머무를 박 자를 써서……."

"머무른다고? 역시 여기서 노숙할 생각이였군."

"무슨 소립니까. 이름이에요, 이름. 머무를 박泊 자를 써서 도마리라고 읽는다는 이야기인데요."

"사람 헷갈리게 하는군. 직업은?"

"탐정입니다."

"탐정?"

"사립 탐정요."

"탐정이 여기서 뭘……."

요시모리가 계속 질문하려 하자, 도마리는 왼손을 앞으로 내밀어 제지했다.

"죄송하지만, 저희 일에는 비밀 유지 의무가 있어서 이 이상은……."

일하다 말고 맥주를 마시고 잠든 주제에 잘난 체하기는. 요시모리는 괜스레 화가 치밀었다.

"그런데 말이죠, 할아버지."

"누가 할아버지야! 이 인간들이."

"공원 순찰하는 분이시죠? 저를 노숙자로 오해하고 쫓아내려 하셨고. 아, 놀라지 마세요. 지금까지 하신 말씀과 행동으로 충분히 추리할 수 있으니까요."

"딱히 놀라지 않았어. 알았으면 빨리 돌아가주겠나?"

"제 추리로는, 당신이 진짜 상대해야 할 사람은 훨씬 오래전부터 바로 근처에 있었을 텐데요."

오늘따라 유난히 이상한 사람들만 모이는군.

"아직 잠이 덜 깬 건가?"

"자, 보세요. 할아버지 파트너는 이미 그 단서를 붙잡은 것 같습니다!"

"파트너?"

돌아보자 조금 떨어진 곳에서 에리사와가 원통형 화강암

의자에 가만히 앉아 있었다. 천과 기둥은 잔디 위에 놓여 있었다.

"파트너라니, 저 녀석 말인가? 농담도 정도껏 하게. 저렇게 얼빠진 얼굴로 주전자 따위를 가진 남자가 내 파트너라고? 응? 주전자?"

에리사와의 무릎 위에는 주전자가 놓여 있었다.

"어이, 어디에 그런 물건을 숨기고 있었지? 왜 주전자를……. 설마 정말로 여기서 노숙하려던 건가!"

요시모리가 얼굴까지 붉히며 화를 내자 에리사와는 튕기듯 몸을 일으켰다.

"아니에요. 장수풍뎅이 대신 주운 겁니다."

얼빠진 대답이 요시모리의 분노에 기름을 끼얹었다.

"그런 게 장수풍뎅이 대신 숲에 놓여 있었다고 말하는 거야?"

그때 도마리가 요시모리의 어깨를 가볍게 두드렸다.

"할아버지, 혈압 조심하세요."

"이미 오를 대로 올랐다고!"

"할아버지는 오늘 뜬 달의 모양을 알고 계세요?"

아까 같은 질문을 들었던 기억이 났다.

"아시겠어요? 정답은 바로 저기에 있습니다!"

도마리가 밤하늘을 가리키는 것과 동시에 요시모리의 고

성이 공원에 울려 퍼졌다.

"지금 당장 공원에서 나가!"

이상한 남자 두 명을 간신히 공원에서 쫓아낸 요시모리는 속이 활활 끓는 것 같았다. 집에 돌아와 냉장고에 차게 식혀 둔 커다란 수박을 혼자 반 통이나 해치우고 말았다.

도마리의 시신이 공원에서 발견된 것은 다음 날 아침의 일이었다.


수박을 잔뜩 먹고 잔 탓에 요시모리는 밤새 화장실을 들락거리느라 제대로 잠을 이루지 못했다. 포기하고 일어나려다 휴대전화를 보니 순찰대 대장에게서 문자가 와 있었다. 아침 순찰 중 공원에서 시신을 발견해 경찰에 신고했다는 내용이었다. 수신 시간은 오전 5시. 시신이 발견됐다는 사실도 놀라웠지만, 그 시간에 순찰을 돌았다는 사실이 더 놀라웠다. 벌써 한 시간 이상 지났다. 요시모리는 서둘러 옷을 갈아입고 집을 뛰쳐나왔다.

공원에는 이미 출입 통제선이 쳐져 있었다. 7시도 채 안 된 시각이었지만 구경꾼들이 꽤 모여 있었다. 철제 울타리 너머로 산울타리가 시야를 가려 안쪽이 잘 보이지 않았다. 문자에 답한 뒤 동쪽 출입구 부근에서 발돋움해 안을 들여다보자, 요시모리를 발견한 대장이 근처에 있던 형사에게 무언가를 말하고는 크게 손짓했다.

"어젯밤 이곳 순찰을 담당한 요시모리 씨예요."

대장의 소개에 코가 큰 형사가 가볍게 고개를 숙였다.

"잠시 말씀 좀 여쭤도 되겠습니까?"

"예, 물론이죠."

세 사람은 서쪽 벽돌담 근처로 이동했다.

"거기, 잠깐 사진 좀 보여주게."

형사가 감식반원을 불렀다.

"음, 요시모리 씨. 심장은 건강하신 편인가요?"

"네? 나쁘지는 않습니다만."

"돌아가신 분의 사진을 보여드려도 될까요? 잠깐 자네, 사진 좀 띄워주겠나?"

감식반원은 들고 있던 카메라를 형사에게 건넸다.

"아, 벌써 띄워놨군. 요시모리 씨, 이 사람인데요……."

시신의 얼굴 사진을 본 요시모리는 자기도 모르게 "앗" 하고 소리를 냈다. 자칭 탐정 도마리가 분명했다.

"아는 분인가요?"

"어젯밤에 여기서 만났습니다."

요시모리는 도마리가 산울타리 안에서 잠들어 있기에 주의를 주었다는 사실을 이야기했다.

"혼자서 순찰하셨습니까?"

"보통은 둘이 함께 도는데요, 같이 순찰 돌기로 한 사람이 감기에 걸려서요."

누구라도 부르지 그랬냐고 옆에서 대장이 타박했다.

"요시모리 씨가 도마리 씨와 만난 게 몇 시쯤이죠?"

요시모리는 기억을 더듬었다.

"공원을 4분의 3쯤 돌았을 때니까 밤 9시 반……. 아니다, 평소보다 시간이 걸렸으니 10시쯤 아닐까 싶습니다."

"평소보다 시간이 걸렸다고요?"

형사의 질문에 요시모리는 잠시 생각하다가 "주울 쓰레기가 조금 많더라고요"라고 얼버무렸다. 형사는 콧잔등을 살짝 만졌다.

"요시모리 씨와 대화한 후 도마리 씨는 어디로 갔습니까?"

"공원을 나가서 역 쪽으로 갔어요."

"그런 도마리 씨가 여기에서 죽은 채 발견됐다는 건, 요시모리 씨와 헤어진 뒤에 다시 돌아왔다는 말이 되겠네요. 뭔가 짐작 가는 건 없으십니까?"

"흠…… 글쎄요. 저기, 형사님이 이렇게 조사하시는 걸 보니, 설마 도마리 씨가 누군가에게……."

요시모리의 질문에 형사는 조금 난처한 표정을 지었다.

"아직 조사 중이긴 합니다만, 저기 있는 돌의자에 머리를 부딪힌 게 도마리 씨의 직접적인 사인으로 보입니다. 다만 시신이 발견된 건 그 의자에서 약 20미터 떨어진, 담 근처 산울타리 안쪽이었어요.”

형사는 화강암 의자와 서쪽 벽돌담을 따라 심어진 단풍철쭉을 가리키며 설명했다.

“조금 전 요시모리 씨가 도마리 씨가 자고 있었다고 알려주신 곳 주변에, 거의 온몸이 산울타리 그늘에 가려진 채로 누워 있었습니다. 부상을 입은 도마리 씨 스스로 그리로 이동했을 수도 있지만, 다른 누군가가 시신을 옮겼을 가능성도 있습니다. 어떠세요. 순찰 중에 수상한 사람은 못 보셨습니까?”

‘수상한 사람이라…….’ 가장 먼저 떠오른 건 죽은 도마리 본인이었다. 그리고 또 한 명, 장수풍뎅이를 채집하러 왔다는 남자의 얼굴이 스쳤다. 하지만 요시모리는 어째선지 침묵을 지키기로 마음먹었다. 이상한 사람인 건 분명하지만, 사람을 죽이거나 시신을 끌어 옮길 사람으로 보이진 않았기 때문이다.

“뭔가 생각나면 연락드리겠습니다.”

“잘 부탁드리겠습니다. 아, 그리고 어젯밤 도마리 씨가 카메라를 가지고 있던 건 알고 계셨나요?”

“네. 카메라를 자랑하던데요.”

“사진 찍는 건 보셨습니까?”

“글쎄요. 찍지 않았을까요? 실제로 셔터 누르는 건 못 봤습니다만.”

“사실은 카메라에 메모리카드가 들어 있지 않았거든요.”

“카드라……. 아, 디지털카메라의 필름 같은 거 말이군요.”

“도마리 씨 카메라는 본체에 데이터를 저장할 수 없는 타입입니다. 다시 말해, 메모리카드 없이는 촬영 자체가 불가능했죠.”

“누군가가 카드를 빼냈다는 건가요?”

“그럴 가능성도 있다, 이 말입니다.”

형사가 코를 두 번 쓱쓱 문질렀다.

그렇다면 단순한 사고사로 보기 어렵다. 시신을 옮긴 인물은 죽음의 원인 그 자체에 깊이 관여했을 가능성이 있다……. 요시모리는 도마리의 등 뒤로 다가온 누군가의 검은 그림자를 떠올리며 살짝 몸을 떨었다.

“그런데 요시모리 씨. 최근에 그들 상황은 어떤가요?”

“그들요?”

“노숙자들 말입니다.”

“아. 저희 순찰대가 밤낮으로 순찰하는 탓인지, 요즘엔 공원 근처에 오지 않습니다.”

“그런가요. 조금 신경이 쓰여서요.”

“신경이 쓰인다고요?”

"그들은 이런저런 문제의 씨앗입니다. 사소한 일이 큰일로 번지지 않는다는 보장이 없거든요."

형사는 그렇게 말하고 코를 세 번 문지르더니 재채기를 했다.

요시모리는 집에 돌아와 아침을 먹었다. 오후에는 순찰대 긴급회의에 불려가, 같은 이야기를 한 번 더 했다. 그렇게 이야기를 나누다 보니 어느새 저녁이 되어버렸다. 이제 할 일은 술 한잔 마시고 자는 것뿐이다. 수박이 절반 남아 있었지만 참았다. 오늘 밤만큼은 숙면을 취하고 싶었다.


다음 날, 요시모리는 혈압약을 타러 아침 일찍 병원에 갔다가, 그길로 공원에 들렀다. 경찰의 출입 금지는 풀렸지만, 관리 주체인 시청 방침으로 사건이 해결될 때까지 공원은 임시 폐쇄된다고 했다. 폐쇄라고 해도 철제 울타리 사이의 출입구에 쇠사슬을 몇 줄 걸어둔 게 전부라, 마음만 먹으면 들어갈 수 있을 것 같았다. 그렇다고 순찰대가 솔선해 규칙을 깨기도 뭐해서, 바깥 도로를 한 바퀴 걷기로 했다.

평소 순찰 때처럼 북쪽 출입구에서 시작해 시계 방향으로 돌았다. 철제 울타리와 산울타리 사이사이 안쪽 풍경이 보였다. 평소와 다름없는 모습이었다. 서쪽 길까지 오자 철제 울타리가 벽돌담으로 바뀌며, 그 지점부터는 공원 안이 전혀 보이지 않았다. 산울타리는 담 안쪽으로 이어져 있었다.

요시모리는 벽돌담 중간쯤에서 걸음을 멈추고 생각에 빠졌다. 벽돌담 건너편 경치를 머릿속에 그려 봤다. 도마리가 쓰러져 있던 곳은 아마 저 부근일 것이다. 그 20미터 정도 너머에는 훌륭한 참나무가 있으리라. 나무 아래에는 화강암 의자가 있고, 도마리는 거기에 머리를 부딪혔다고 한다. 그러고 보니 자신과 도마리가 이야기할 때 에리사와가 그 돌에 앉아 있었다.

요시모리는 결국 공원 외곽을 두 바퀴나 돌았다. 그사이에 두 명의 노숙자를 마주쳤다. 지난 몇 주간 공원 근처에서 좀처럼 노숙자들을 만나지 못했기에 요시모리는 의외라고 생각했다. 사건 현장을 보러 온 것일까. 그들은 둘 다 등을 구부린 채 길가를 걷고 있었다. 스쳐 지나간 후에 둘 다 비슷한 종이를 손에 들고 그것을 보며 걷고 있었다는 사실을 깨달았다.

'설마 노숙자 대상 바겐세일이라도 하는 건가?'

요시모리는 스스로 생각한 농담이 재밌어서 혼자서 "하하" 하고 웃었다.

북쪽 출입구 앞까지 돌아와서 잠시 멈춰 섰다. 더는 할 일이 없었다. 하지만 이상하게도 공원을 떠나고 싶지 않았다. 에리사와가 다시 나타나지 않을까 하는 생각이 머릿속을 맴

돌았다.

15분쯤 더 주변을 맴돌았다. 휴대전화를 보자 정오가 지나 있었다. 가볍게 한숨을 내쉬고 이번에는 자신과 헤어진 도마리가 향했던 역 쪽으로 가보기로 했다. 사건에 관해 생각하며 걷다 보니 무언가에 몸이 부딪히며 덜그럭 둔탁한 소리가 났다. 정신을 차린 요시모리는 자신이 길가에 주르르 세워진 자전거에 부딪혔다는 사실을 깨달았다.

역 앞 도로변, 빽빽한 자전거 사이 한가운데를 차지하듯 몇 명의 노숙자가 작은 파티를 벌이고 있었다. 대낮부터 맥주와 소주를 마시며 시끌벅적했다. 이래서야 일부 주민들이 '차라리 공원에 있는 편이 나았다'라고 비아냥거린 것도 이해가 간다.

요시모리는 잔소리라도 한마디 해야겠다 싶어 그들에게 다가갔다. 그리고 가장 신나게 떠들고 있던 남자의 얼굴을 보고 깜짝 놀라고 말았다.

에리사와였다.

캔맥주를 한 손에 들고 길이가 다른 두 개의 젓가락으로 장조림 캔을 흰 수염 노인과 나눠 먹고 있었다. 요시모리는 배신당한 기분이 들어 화가 치밀어올랐다. 일부러 발소리를 요란하게 내며 그 무리에게 다가가 소리쳤다.

"자네는 역시 거짓말을 했군!"

그 소리에 에리사와뿐 아니라 다른 노숙자들까지 깜짝 놀라 엉거주춤 몸을 일으켰다.

"으어어, 할아버지……가 아니라, 요시모리 씨가 여긴 어쩐 일로. 오늘도 참 더운데 어찌 그리 화를 내시는지요?"

에리사와는 흰자와 검은자가 번갈아 보이게끔 눈을 굴리면서 일어서야 할지 말아야 할지 망설이는 자세로 몸을 반쯤 일으켰다. 그러는 와중에도 장조림을 집는 것을 그만둘 생각은 없는지 주저하면서도 젓가락 끝으로 통조림의 고기를 뒤져댔다.

"이 와중에 먹을 생각뿐이냐!"

호통이 떨어지자 에리사와는 젓가락을 내려놓고, 흰 수염 노인에게 작은 목소리로 "장조림, 반은 제 겁니다" 하고 못을 박았다.

몸을 일으킨 에리사와는 태연한 태도로 말했다.

"도토리 공원에서 사건이 있었다더군요."

"내가 바보였어. 그저께 밤, 자네가 공원에 있었다고 경찰에 말할 거야. 형사는 노숙자를 의심하는 듯했으니."

요시모리가 에리사와에게 선언했다.

"그러니까 전 정말로 장수풍뎅이를 잡으러 간 것뿐이라니까요……."

"여기까지 와서 그런 변명을 할 셈인가? 지금 이 상황을 어떻게 설명할 건데? 그렇게 힐끔힐끔 장조림을 살펴지 말라니까!"

"분명 이분들과 의기투합해서 금세 친해지긴 했지만요."

"나한테 쫓겨난 후에 도마리와 함께 공원으로 돌아간 거지?"

"요시모리 씨, 여긴 좀 그러니까 공원에 가서 이야기할까요?"

"아직 출입 금지야."

"도대체 무슨 소리십니까. 몰래 들어가면 아무도 모르는걸요. 저는 어제도 다녀왔다니까요?"

"멋대로 들어갔다고?"

너야말로 도대체 무슨 소리를 하는 거냐 싶어서 요시모리는 기가 막혔다.

"경찰들이 일을 다 마친 걸 제대로 확인한 후에 들어갔으니 걱정 마세요."

"그렇다고 해서 괜찮은 건 아니잖아."

"어쨌든 가서 말씀하시죠. 공원 쪽이 이래저래 설명하기 편할 거 같거든요."

"가면 제대로 말할 거지?"

"혹시 누가 보면 '난 순찰대라 특별 허가를 받았다'라고 말씀해주세요."

"날 방패막이로 쓰지 마."

에리사와는 "그럼 담에 봬요"라고 노숙자들에게 손을 흔들고는 터벅터벅 걸음을 옮겼다. 공원에 도착한 두 사람은 주변을 살피며 몰래 공원 안으로 숨어들었다.

공원에는 사람 그림자 하나 없었다. 노숙자 무리 안에서 에리사와를 발견했을 때는 역시 사건과 관련된 게 아닐까 하고 의심했다. 하지만 그와 함께 걸어가며 그 생각은 다시 바뀌었다. 얼빠진 옆모습을 볼수록 이 남자가 저지를 범죄라고 해봐야 출입이 금지된 공원에 몰래 들어가는 정도뿐이라는 생각이 들었다.

"저기, 요시모리 씨, 혹시 티슈 가지고 계세요?"

"왜 또."

"콧물이."

그러고 보니 코맹맹이 소리였다. 이 더위에 잘도 목욕도 제대로 하지 않는 사람들 사이에 껴 있구나 싶긴 했다.

"어젯밤에 너무 잠이 안 와서 에어컨이 빵빵한 편의점을 돌아다니다가 감기에 걸렸거든요."

한밤중에 여기저기 편의점을 배회하는 에리사와 쪽이 장수풍뎅이보다 훨씬 곤충처럼 느껴졌다. 이 남자의 말을 듣는 건 시간 낭비라는 생각이 들기 시작했다.

"자, 이 근처인 것 같네요."

둘은 화강암 의자 쪽으로 다가갔다. 요시모리가 쭈그려 앉아 잔디 표면을 손바닥으로 쓰다듬었다. 에리사와의 눈이 반짝였다.

"곤충이라도 있나요?"

"아니. 카드를 찾는 거야."

"카드요?"

"메모리카드인가 하는 그거. 고인이 가지고 있던 카메라에 그게 없었다더군."

"그렇습니까."

에리사와는 끄덕였지만, 그렇다고 같이 찾아볼 생각은 없어 보였다.

"없네."

"없나요?"

"그럼……."

일어선 요시모리는 에리사와를 노려봤다.

"뭐부터 설명해드릴까요?"

에리사와가 미소 지었다.

"결국 자네는 노숙자인 거야, 아닌 거야?"

"안타깝게도 노숙자가 아닙니다."

에리사와는 단호히 말했다.

"그럼 왜 그 사람들이랑 그런 곳에서 장조림을 먹고 있었지?”

“감사 인사를 하러 갔다가 얻어먹게 된 겁니다.”

“무슨 감사 인사?”

“사람을 찾고 있었거든요. 그래서 그분들에게 행방을 물었죠. 그 후 무사히 만나게 된 것에 대한 감사였어요.”

“누굴 찾았는데?”

“도마리 씨의 시신을 옮긴 사람요.”

“뭐라고!”

요시모리의 큰 목소리에 놀랐는지 참새가 산울타리 안에서 짹짹 소리를 내며 날아올랐다.

“쉿! 요시모리 씨, 공원에 몰래 들어온 거 들킵니다.”

에리사와에게 그런 말을 들으니 기분이 썩 좋지 않았다.

“자네는 그날 밤 시신을 산울타리까지 옮긴 사람을 본 거야?”

“아니요. 보진 못했습니다. 전 도마리 씨처럼 공원으로 돌아오지 않았으니까요. 다만 짐작 가는 데가 있어서.”

“짐작이라니? 무슨 말이지?”

“이 공원에서 밤을 보내던 사람이 시신이 발견된 직후, 언제여기 살았냐는 듯 말끔히 자취를 감췄거든요. 타이밍이 절묘하기에 그 사람이 사건과 관련되었을지 모른다고 생각했죠.”

“잠깐 기다려. 공원에서 밤을 보내던 사람이라고?”

도저히 그냥 넘길 수 없는 말이었다. 하루에 두 번씩 순찰대가 도는데 그런 일이 가능할 리 없고, 민원도 들어온 적이 없다.

"바보 같은 소리 마. 수상한 사람이라고 하면 자네 정도뿐이라고."

그러자 에리사와는 가만히 하늘을 가리켰다.

"오늘은 아직 달은 보이지 않지만."

"또 달 이야기인가?"

"도마리 씨도 그날 이렇게 하늘을 가리켰죠."

"아, 기억나. 괴짜들이라 그런지 달 모양이 어떻다느니 하는 것까지 비슷하다고 생각했지. 그래서 뭐?"

짜증을 감추지 못하는 요시모리에게 에리사와는 미소를 지었다.

"도마리 씨의 그 말은 힌트였어요."

"힌트?"

"위예요, 위."

"위?"

"그 사람은 나뭇가지를 침대로, 잎을 베개로 삼고 지냈어요."

"가지에 잎이라고?"

"네. 시신을 옮긴 사람은 이 참나무의 가지와 잎을 보금자리로 사용했던 거예요."

"참나무를…… 보금자리로."

요시모리는 나무를 올려다보았다.

"저는 그날 밤, 요시모리 씨와 도마리 씨의 대화를 도중부터는 이 돌에 앉아서 듣고 있었습니다."

에리사와는 도마리의 목숨을 앗아간 화강암 의자에 살짝 손을 올렸다.

"그런데 역시 장수풍뎅이가 신경 쓰여서, 별생각 없이 옆에 있던 이 참나무를 흔들어봤죠."

요시모리는 그런 식으로 장수풍뎅이를 잡으려던 에리사와의 모습을 떠올렸다.

"그러자 땅에 떨어진 건 장수풍뎅이가 아니라 주전자였어요. 저는 놀라서 눈을 비비며 나무 위를 올려다봤습니다. 그러자 가지에 끈으로 매달아둔 냄비며 옷걸이에 걸린 수건 같은 게 잎사귀 사이로 보이더군요. 그래서 '아, 저기에 누군가가 살고 있구나'라고 바로 깨달았죠."

"사람도 보였나?"

"나뭇가지 속은 너무 어두워서 전체가 보이진 않았지만 아마 없었던 것 같아요. 아마 요시모리 씨의 순찰이 끝나는 시간을 계산해서 잠자리로 돌아올 생각 아니었을까요. 날이 지면 들고 다니던 짐을 내려놓고 순찰대의 순찰이 끝날 때까지 어딘가에서 시간을 보내는 거죠. 그리고 순찰이 끝나면 다시 나무 위에서 잠을 자고 아침 순찰을 돌기 전에 일어나서 거리로 나갑니다. 아마 그런 생활 패턴이 아니었을까요.”

아침 순찰 시간이 점점 앞당겨졌으니 그 녀석은 틀림없이 수면 부족이었을 것이다.

“그럼 그걸 본 즉시 내게 말했어야지. 왜 숨겼어?”

화를 내는 요시모리에게 에리사와는 고개를 숙이며 말했다.

“요시모리 씨나 순찰대가 모르는 걸 보니 그 사람은 분명 누구에게도 폐를 끼치고 있지 않을 거라고 생각했거든요. 죄송합니다.”

요시모리는 뭐라 대답해야 좋을지 알 수 없었다.

“뭐, 됐어. 그건 그렇다 치고, 계속 말해봐.”

“시신이 발견된 뒤에 그 보금자리는 어떻게 되었을지, 저는 어제 그걸 꼭 확인하고 싶었습니다. 그래서 용기를 내서 공원 안에 몰래 들어와 나무를 봤더니, 예상대로 아주 말끔하게 정리되어 있더군요. 주전자는 물론, 끈 하나, 옷걸이 하나도 남아 있지 않았죠.”

“어째서 그게 ‘예상대로’라는 거지?”

“사람이 죽었으니 경찰이 출동하고 난리가 벌어지겠죠. 공원 안도 샅샅이 살펴볼 테고요. 그러면 나무 위의 가재도구가 발견될 위험성이 커집니다. 그러기 전에 서둘러 이사한 거죠."

"그건 이해가 가. 그런데 자네는 왜 그 사람이 시신을 옮겼다고 보는 건데?"

"한밤중이라고는 해도 공원에 누군가 들어올 가능성이 없는 건 아닙니다. 그때 바로 눈에 띄는 곳에 시신이 있으면 즉시 소동이 벌어지고, 그러면 짐을 쌀 시간이 없습니다. 사람들의 눈에 잘 띄지 않는 산울타리 안쪽으로 시신을 옮긴 건, 시간을 벌기 위해서였다고 보는 게 자연스럽지 않을까요……."

거기까지 듣자 요시모리는 시야가 확 트이는 느낌을 받았다.

'그렇군……. 도마리가 그날 밤 카메라로 찍으려 한 건 조례를 깨고 공원 안에서 생활하는 노숙자였어. 하지만 렌즈가 자신을 향하고 있는 것을 깨달은 상대와 싸움이 벌어졌고, 그 결과 도마리는 살해당한 거야. 노숙자는 자신의 모습이 찍힌 카드를 카메라에서 빼낸 후 시신을 옮겨 발견될 때까지 시간을 벌고 현장에서 도망친 거겠지…….'

요시모리는 이마에 손을 댔다.

"그런 일이 벌어진 거군……. 그래서 도마리를 죽인 그 노숙자를 만난 거야?"

하지만 그 물음에 에리사와는 고개를 저었다.

"아니요. 그 사람은 도마리 씨를 죽이지 않았어요. 시신을 옮기기만 했을 뿐이죠."

"죽이지 않았다고?"

"도마리 씨는 제가 주운 주전자를 '요시모리 씨가 상대해야 할 사람의 단서'라고 말했어요. 그걸 들은 저는 '아, 도마리 씨는 이미 나무 위에 사는 사람에 대해 알고 있구나'라고 생각했습니다."

"그 녀석이 도마리의 조사 대상이라면 아는 게 당연하잖아."

"하지만 생각해보세요. 만약 도마리 씨의 일이 조례를 위반한 노숙자를 찍는 것이라면 '비밀 유지 의무' 운운하며 이유를 밝히려 하지 않던 사람이 주전자를 단서라고 말하거나 하늘을 가리키는 등의 힌트를 저희에게 말할 필요가 있었을까요? 즉, 도마리 씨는 다른 조사를 위해 공원에서 잠복하던 중 우연히 나무 위에 사람이 산다는 걸 깨달았을 뿐, 딱히 노숙자에게 관심이 있던 건 아니었습니다. 말인즉슨 곧 싸울 이유도 없었다는 거죠."

"노숙자가 죽인 게 아니라면……. 뭐가 어떻게 되는 거지?"

"도마리 씨는 다른 누군가에게 살해당했어요. 나무 위에 있던 사람은 그걸 목격했고요. 그리고 자기 손으로 범인을 잡으려고 한 겁니다."

"범인을 잡으려고 했다고?"

시신을 숨긴 사람이?

"도대체 그게 무슨 말이야. 애초에 자네가 만나러 간 노숙자가 누군데?"

"구사나기 씨입니다."

"뭐라고!"

요시모리의 큰 목소리에 다시 에리사와가 "쉿!" 하고 주의를 주었다.

"구사나기라고? 자네는 그저께 구사나기를 모른다고 했잖나. 그런데 지금은 그를 만났다니, 앞뒤가 안 맞잖아!"

"목소리, 목소리 좀 낮추세요."

"도대체 뭔 소리야! 지금 내가 진정하게 생겼나?"

"그럴 만한 이유가 있습니다. 어제 공원에서 나온 저는 노숙자 몇 명인가와 마주쳤어요. 그런데 전부 같은 종이를 손에 들고 있더군요."

그 종이라면 요시모리도 본 바 있다.

"노숙자를 대상으로 바겐세일이라도 하는 거 아니야?"

"무슨 말씀을 하시는 겁니까? 그런 게 있을 리 없잖아요?"

머릿속에 떠올린 농담을 말했더니 에리사와가 진지하게 부정했다.

"노, 농담도 못 하나. 그래서 그게 뭐였단 건데!"

"초상화였습니다."

"초상화?"

"보여달라고 해서 보니, 남자 얼굴 초상화였어요. 하지만 그걸 들고 있는 노숙자 본인의 얼굴은 아니었죠. 이건 누구냐고 묻자, '그건 말해줄 수 없다'라고 입을 다무는 거예요."

에리사와는 유쾌한 듯 "후훗" 하고 웃었다.

"그래서…… 그게 무슨 의미인데?"

초상화라는 말을 듣고 무언가 떠오르려 했지만, 요시모리는 일단 자신이 생각하는 것보다 이야기를 계속 듣는 쪽을 택했다.

"그걸 보고 문득 떠올랐습니다. 요시모리 씨가 말씀해주신, 길거리에서 초상화를 한 장에 천 엔에 그려 판다는 전직 미술 교사 구사나기 씨 이야기 말이죠. 제 안에서 나무 위 거주자와 그 사람이 하나로 이어졌습니다. 도마리 씨가 살해당하는 장면을 나무 위에서 목격한 사람이 바로 구사나기 씨였다. 시신을 산울타리 안쪽으로 숨기고 보금자리를 옮긴 후, 초상화를 그려 동료들에게 나눠줘서 범인을 찾으려 하고 있다……. 그렇게 생각한 저는 직접 확인하지 않고는 견딜 수가 없어서 구사나기 씨를 만나러 간 거죠."

에리사와가 잠시 숨을 고르는 정적을 틈탄 것처럼 참새가 짹짹 소리를 내며 돌아왔다.

"구사나기 씨에게 이건 굉장히 통쾌한 발상이었을 겁니다. 자신들을 싫어하는 사람들의 코를 납작하게 눌러줄 절호의 기회니까요. 물론 공원에서 노숙하던 사실은 숨기고 '수상한 사람을 목격했다'라고 경찰에게 정보를 제공할 수도 있었겠죠. 하지만 그는 그렇게 하지 않았어요. 경찰보다 먼저 범인을 찾으려 한 거죠."

그 말을 이해하면서도 요시모리는 구사나기라는 사람을 떠올리며 어색한 느낌을 지울 수 없었다.

"구사나기가 동료들을 놔두고 자기 혼자만 공원에서 살았다니……."

들키면 다른 노숙자들도 앞으로 공원 이용에 큰 불이익을 입을지도 모른다. 구사나기답지 않은 꽤 이기적인 행동처럼 느껴졌다.

"아니, 거기에는 사정이 있습니다. 얼마 전, 구사나기 씨는 열사병으로 쓰러졌다더군요."

그렇다. 분명 한 달쯤 전의 일이다.

"곧장 퇴원했지만, 그를 걱정한 동료들이 길거리보다 시원하고 물도 쓸 수 있는 공원에서 지내라고 강력히 권했다고 합니다. 나무 위에 숨는 아이디어와 함께요."

그 말을 듣고 나니, 한동안 공원 주변에서 노숙자 모습을 거의 보지 못했던 이유가 자연스럽게 이어졌다. 그들이 공원에서 떨어져 있음으로써 순찰대와 주민들의 시선을 조금이라도 다른 데로 돌리려고 했던 것이다.

"그래서 자네는 구사나기를 만나 이 이야기들을 전부 확인했다는 거군."

"처음에는 상대해주지 않았지만 끈질기게 캐물으니 마지못해…… 아니, 반쯤 어이없다는 듯 시인했어요."

요시모리는 그 장면을 떠올렸다. 이 남자가 붙잡고 늘어지면 꽤 피곤하겠다 싶었다.

"괜찮으세요? 방금 표정이 좀 괴로워 보이셨는데."

"아무것도 아니야. 그런데 말이야, 구사나기의 얼굴도 모르는데 잘도 만나러 갔군."

"친절한 분들이 그가 있는 곳을 알려줬거든요. 다만 그렇지 않았어도 언젠가는 찾았을 겁니다."

에리사와는 쾌활하게 답했다.

"어떻게?"

"구사나기 씨 얼굴을 이미 알고 있었으니까요."

에리사와가 태연하게 말했다.

"잠깐, 또 앞뒤가 안 맞잖아! 자네는 구사나기의 이름조차 모른다고 하지 않았나!"

"정확히 말하면 만나기 전부터 어느 정도 짐작하고 있었다는 뜻입니다."

"짐작이라니?"

"그날 밤, 요시모리 씨 말고 저에게 공원에서 나가라고 주의를 준 사람이 한 명 더 있었습니다.”

“그러고 보니, 그런 사람이 있었다고 했지.”

“그 사람이 구사나기 씨였어요.”

“어쩐지 머리가 빙글빙글 돌기 시작했어.”

“나무 위에 사는 사람이 구사나기 씨라면, 그에게는 저에게 주의를 줄 필요가 있었습니다. 사람들의 이목을 피해 공원에 드나들고, 심지어 거기서 밤을 보내는 사람에게 가장 큰 위협은 노숙자에 대한 주변 주민의 경계가 높아지고 공원에 대한 감시가 강화되는 거니까요. 만약 출입 자체가 금지되는 상황이 벌어지면 동료들에게도 큰 폐가 될 테고요.”

그렇다. 요시모리가 아까 생각한 대로의 논리였다.

“장수풍뎅이 채집을 위해 천을 펼치려던 저를 보고 사정을 모르는 신참 노숙자라고 착각한 구사나기 씨는 문제가 생기기 전에 서둘러 공원에서 내쫓으려고 했던 거죠. 다만 그 또한 순찰대에게 들키면 안 되기에 결국 제가 공원에서 나가는 모습을 끝까지 지켜보지 않고 먼저 모습을 감추고 말았던 거예요.”

요시모리는 깊게 한숨을 내쉬었다. 이미 지쳐버렸지만 여전히 뭔가 듣지 못한 것이 있다는 생각이 들었다.

“도대체 도마리는 왜 살해당한 거지?”

“구사나기 씨 말로는, 남자 둘이 언성을 높이는 걸 나무 위에서 내려다보긴 했는데, 무슨 이유로 싸우는지는 들리지 않았다고 합니다."

"뭐, 무리도 아니군."

"다만 그들과 떨어진 곳에 또 다른 한 사람이 서 있었다고 하더군요. 실루엣으로 봤을 때 여자 같았다고 합니다. 여기부터는 완전히 제 억측이지만……."

"뭔데?"

"탐정이 하는 일 하면 요시모리 씨는 뭐가 가장 먼저 떠오르세요? 잃어버린 고양이 찾기? 저는 아무래도 불륜 조사가 가장 먼저 떠오릅니다."

"불륜 조사라……."

"그날 도마리 씨의 일은 불륜 현장을 포착하는 것 아니었을까요. 잠복 중에 맥주를 마시다가 깜빡 잠에 들었고, 거기에다 공원에서 쫓겨날 뻔한 탐정이었지만 돌아와 보니 운 좋게, 아니, 결과적으로는 불행한 일이었지만, 셔터 찬스, 즉 불륜 현장을 마주친 겁니다. 하지만 피사체가 사진에 찍히는 걸 눈치챈 탓에 몸싸움이 벌어져 그만 목숨을 잃고 만 거죠……."

그 탐정이라면 타깃에게 들킬 가능성이 꽤 높아 보이긴 했다.

"도마리는 즉사한 걸까?"

"나무에서 내려와 확인했을 때 맥박은 이미 없었고 병원으로 옮긴들 늦었다는 생각이 들었다고 구사나기 씨가 말하더군요. 하지만 설령 그렇다고 해도 구사나기 씨가 해야 할 일은 구급차를 부르는 것 아니었냐고 저는 물었습니다. 답은 없었지만, 어느 쪽이든 사건은 곧 해결될 겁니다."

그렇게 답한 에리사와의 얼굴이 점차 붉어지기 시작했다.

"뭐야. 갑자기 흥분해서는."

"아니 그게. 지금 생각하니, 구사나기 씨에게 너무 정의감에 불타는 말을 늘어놓은 것 같아서 부끄러워졌습니다."

모든 이야기를 들은 요시모리는 할 말을 찾지 못한 채 그저 "그렇군" 하고 중얼거렸다. 에리사와는 "네" 하고 답하고 주머니에서 종이 한 장을 꺼내서 펼쳤다.

"그러고 보니 저도 초상화를 한 장 받아왔습니다. 요시모리 씨, 혹시 짐작 가는 사람이 있으신가요?"

요시모리는 초상화를 내려다보고는 곧장 이해했다.

'그래. 정말로 불륜 조사였던 거야……'

과연 전직 미술 교사답게 그림 솜씨에 감탄이 절로 나왔다.

'그 두 사람, 그냥 가던 길을 가면 좋았을 텐데. 왜 다시 이 공원에 돌아와서는……'

요시모리는 자신도 모르게 쓴웃음을 지었다. 빛에 이끌려 날아오는 곤충이 있듯, 어둠 속에 몸을 기대는 인간도 있는 법이다.

초상화에 그려진 인물은 그저께 밤, 요시모리의 손전등 불빛을 받았던 그 험상궂은 남자가 틀림없었다.


경찰서 입구를 지키던 젊은 경찰관은 멀리서 노숙자 무리가 다가오는 것을 보고 하품을 삼키며 경찰봉을 쥐었다.

그들은 맨 앞에서 걷는 남자를 제외하고, 인도에서 입구로 이어지는 짧은 계단 앞에 멈춰 섰다.

혼자서 계단을 오른 남자는 손에 들고 있던 종이 한 장을 젊은 경찰관에게 내밀었다. 아래쪽에서 동료들이 그 모습을 걱정스럽게 지켜보았다.

"이게 뭡니까?"

경찰관이 물었다.

"초상화입니다. 수사에 도움이 될까 해서요."

남자는 말했다.

"무슨 말씀이시죠?"

"도토리 공원 사건 말입니다. 이 사람이 도마리 씨인가 뭔가 하는 사람을 밀어 넘어뜨려 죽였습니다."

"뭐라고요? 자, 잠시만 기다려주세요."

경찰관은 눈앞의 남자와 초상화를 번갈아 보았다.

"닮지 않았는데요."

“제 얼굴이 아니니까요.”

“아, 맞다. 그렇군요.”

고개를 끄덕이며 무전기에 손을 대려던 경찰관에게 남자가 말을 이었다.

“추가로 하나 더 말씀드릴 게 있습니다. 그분을 정말로 죽인 건 어쩌면 저일지도 모른다는 사실입니다.”

“네?”

경찰관의 손이 멈췄다. 잠시간의 침묵 뒤 남자는 말했다.

“저는 돌아가신 그분에게…… 그리고 그분의 가족과 친구분들께…… 사죄해야만 할 것 같습니다.”

구사나기는 그렇게 말하며 깊이 고개를 숙였다.

호버링
버터플라이

오우 산맥 북부에 자리한 해발 1,115미터의 아마쿠나이 산은 8부 능선 부근에 넓은 벌판이 펼쳐져 있어, 차로 그곳까지 올라간 다음 가볍게 트레킹을 즐길 수 있다. 그것만으로 부족하다면 북쪽에 우뚝 솟은 시시가미네 봉에 도전하면 된다. 기복이 심한 코스지만, 정상에 오르면 자신이 도호쿠 지방의 척추 한가운데에 서 있다는 사실을 실감하게 될 것이다. 사람들은 이 일대를 '아마쿠나이 고원'이라 부른다.

세노 마루에가 아마쿠나이 고원을 찾은 것은 실로 5년 만이었다. 그녀는 가볍게 숨을 고르며 6월 초의 고원을 산책했다. 지난달 말에 많은 비가 내려 산 정상 부근의 잔설은 완전히 사라졌고, 햇볕이 잘 들지 않는 곳은 아직 진흙탕이었다. 큰 물웅덩이를 피해 산책로 가장자리를 걷던 마루에는 왼편 풀숲 속 엉겅퀴 사이에서 커피 캔 하나를 발견했다.

캔을 집어 드니 입구에서 투명한 빗물이 흘러나왔다. 캔을 거꾸로 들고 흔드는 순간, 오른편 경사면 쪽에서 바스락거리는 소리가 났다. 마루에는 빈 캔을 손에 쥔 채 그쪽으로 다가갔다.

멀리 내려다보이는 계곡까지 이어진 침엽수 숲이 마치 터널 같았다. 그 숲 사이로 떠다니는 흰색 물체가 보였다. 처음엔 버려진 비닐봉지가 바람에 날리는 줄 알았지만, 아니었다. 그것은 기다란 장대가 달린 채집망이었고, 한 남자가 그것을 휘두르고 있었다.

"저기요!"

마루에가 부르자, 남자는 엉뚱한 방향을 향해 "네!" 하고 큰 소리로 대답했다. 목소리가 계곡 경사면에 울려서일까.

"아니, 그쪽이 아니라 여기예요."

마루에는 손을 크게 흔들었다.

"아, 그쪽이었군요."

"뭐 하고 있는 거죠?"

"뭘 좀 찾고 있었습니다."

"뭘요?"

"스기타니요."

"세상에! 친구분이 계곡에? 큰일이잖아요."

"아, 아닙니다. 산푸른부전나비라는 나비예요, 나비. 학명에 스기타니가 붙거든요(산푸른부전나비의 학명은 Celastrina sugitanii 다—옮긴이). 여기까지 올라오면 산 아래에서는 못 보는 종을 꽤 볼 수 있답니다."

마루에는 그 남자가 30대 중반쯤이라 짐작했다. 그렇다면 자신보다 거의 스무 살은 어리다. 하지만 나비를 쫓아다니며 놀다니, 그건 그보다도 스무 살쯤 더 어렸을 때나 할 법한 짓 아닌가.

"깜짝 놀랐잖아요. 그런데 어쩌다 그런 곳까지 들어간 거예요?"

"침엽수 숲이 있어서요."

"나비가 침엽수에 모이나요? 아직 꽃도 안 피었는데."

산의 봄은 더디게 찾아온다.

"꿀을 빨러 오는 게 아니라 알을 낳으러 오는 거거든요. 침엽수 열매가 유충의 먹이가 되니까요."

"아, 그 나비의 먹이식물이 침엽수군요."

알에서 깬 유충이 먹는 식물을 '먹이식물'이라 하고, 나비는 그곳에 산란한다. 그녀는 책에서 읽은 내용을 떠올렸다.

"그래서 그걸 지금 잡으려는 건가요?"

"네."

"그런데 산에 사는 생물을 함부로 가져가면 안 되는 거 알죠?”

“물론이죠. 잠깐 보고 바로 놓아줄 거예요.”

마루에는 그의 말을 곧이곧대로 믿지 않았다. 요즘 젊은 사람들에 대해 그녀는 다소 회의적이었다. 그런 마음을 굳히게 된 건 불과 20분 전, 8부 능선에 있는 매점에서 본 작은 체구의 젊은 여자 때문이었다. 향수인지 섬유유연제인지, 마루에가 코를 막고 싶어질 정도로 달콤한 향기를 주변에 흩뿌리고 있었다. 일행은 없어 보였지만, 도저히 등산 경험이 있는 사람으로는 생각되지 않았다. 새로 산 듯한 핑크색 스니커즈가 그 증거처럼 보였다. 그래서 마루에는 충고라도 한마디 해야겠다고 마음먹었다. 하지만 매점을 나서 산책로로 향하던 그 여자가 양쪽 귀에 이어폰을 꽂는 것을 보고 그 마음이 단번에 식어버렸다.

향기가 문제가 아니라 숲의 소리조차 들을 생각이 없는 사람에게 아줌마의 잔소리가 먹힐 리 없지.

그렇게 생각하며 마루에는 여자의 뒷모습만 바라본 채 조용히 보내주었다. 그때 느낀 찝찝함이 마음 한구석에 남아 있었기에 이 남자에게 괜히 더 집요하게 말을 건넨 것인지도 모른다.

“잡더라도 나비 날개는 맨손으로 만지지 마세요. 나비는 비늘가루가 떨어지면 약해지거든요.”

“알고 있습니다. 그런데 그거 아세요? 그 비늘가루가 번데기 때 몸에 쌓인 노폐물로 만들어진다는 걸요.”

“노폐물요?”

“네. 그러니까 그거 있잖아요, 똥이나 오줌 같은 거요.”

“그래서 그게 어쨌다는 거죠?”

“그런 거라고 생각하면 맨손으로 만지고 싶다는 생각은 안 들지 않나요?”

남자는 그렇게 말하더니 “아하하” 하고 웃었다. 똥오줌 이야기에 그렇게 크게 웃는 어른을 보는 것도 정말이지 오랜만이었다.

“그건 그렇고, 하나 여쭤보고 싶은 게 있는데요. 산책로에 차가 들어올 수 있나요?”

“차가 들어올 수 있는 건 주차장까지만이에요.”

“아까 차에 치일 뻔했거든요.”

“네?”

“뭐, 제 잘못이죠. 나비를 쫓다가 갑자기 길로 뛰어들었으니까요.”

“위험하잖아요……. 그건 아마 고원을 관리하는 ‘아마쿠나이 클럽’ 직원일 거예요. 그 사람들만 순찰이나 청소용으로 차를 쓸 수 있거든요. 사륜구동 미니밴이었죠?”

“제가 차에 대해 아는 건 둥근지 네모난지 정도예요. 그 차는 갖져 있었습니다.”

“그래요. 그거 맞아요.”

“그러고 보니 중간에 멈춰 서서 쓰레기도 주웠던 것 같아요.”

“차 안에서는 못 보고 놓치는 것도 있겠지만요.”

마루에는 손안의 빈 캔을 빙글빙글 굴렸다.

“아무튼 조심하세요. 차가 속도를 내지 않아서 다행이었네요. 설마 도심에서도 곤충을 쫓아 마구 뛰어다니는 건 아니죠?”

“하하하.”

“뭐가 그렇게 웃겨요. 그쪽 계곡도 비에 약해져서 땅이 무를지 모르니까, 어서 올라오세요.”

“그러네요. 알았습니다.”

“혹시 몰라 하는 말이지만, 꽃 같은 것도 함부로 꺾으면 안 돼요!”

“네. 향기만 맡겠습니다!”

나비를 빗댄 농담인 듯했지만, 마루에에게는 전혀 재미없었다. 남자는 깃발이라도 흔드는 것처럼 채집망을 휘두르며 오히려 계곡 안쪽으로 더 내려가버렸다. 충고를 들을 마음은 없는 모양이었다.

하지만 매너에 관해서라면 지금의 마루에 역시 남을 나무

랄 처지는 아니었다. 그녀는 남자의 모습이 완전히 사라진 것을 확인한 뒤 주머니에서 검은 매직펜을 꺼냈다. 그리고 조금 전 주운 커피 캔 바닥에 눈에 잘 띄지 않게 작은 표시를 그려 넣었다.

그녀는 한 번 더 주변을 두리번거린 뒤, 그 캔을 길가에 슬쩍 버렸다.

그러곤 아무 일 없었다는 듯 표정을 가다듬고 북쪽을 향해 걸음을 옮겼다.


산 남쪽에 있는 주차장에서 이어지는 산책 코스에는 고원 외곽을 에두른 둘레길이 있고, 그 둘레길에서 갈라져 고원 내부를 누비는 산책로가 뻗어 있어 전체적으로 커다란 그물망 같은 구조를 이루고 있다. 중앙 부근에는 작은 화구호가 자리 잡고 있는데, 다시 말해 이곳은 태고의 분화로 인해 산봉우리가 날아가며 생긴 평지인 셈이다. 나비를 쫓던 남자가 있던 계곡은 바로 그 화구호를 수원으로 하는 강의 옛 자취이며, 지금도 눈이 녹는 짧은 시기에만 예전과 같은 모습을 드러낸다.

분화로 날아가지 않고 남아 있는 부분이 시시가미네 봉으로, 아마쿠나이 산의 정상에 해당한다. 이 봉우리는 고원 북쪽에 있으며, ‘들토끼 코스’와 ‘산양 코스’ 두 개의 등산로가 둘레길 북쪽에서 정상을 향해 나 있다.

마루에는 주차장에서 약 40분을 걸어 산양 코스 입구에 도달했다. 갈림길 앞에는 안내판과 작은 벤치가 있고, 그 지점부터 경사가 갑자기 가팔라진다. 산양 코스는 정상까지 거리가 짧은 대신 비교적 험난한 길이 이어지는, 등산 숙련자를 위한 코스다.

안내판 옆에는 아마쿠나이 클럽의 미니밴이 세워져 있었다. 차 안에는 사람이 보이지 않았다. 아마 직원들도 산 정상 쪽으로 향한 모양이었다. 등산로는 길이 좁아 차를 세워두고 걸어 올라갈 수밖에 없다.

마루에는 직원들과 특별히 안면이 있는 건 아니었지만, 그다지 마주치고 싶지 않은 사정이 있었다. 게다가 체력에도 자신이 없었다. 그녀는 산양 코스의 입구를 지나쳐 산책로를 5분 정도 더 걸은 뒤, 초급자용으로 알려진 들토끼 코스 입구에 도착했다.

그렇다고 해도 들토끼 코스 역시 그녀에겐 충분히 힘들었다. 기복이 심한 숲길을, 드러난 나무뿌리에 걸려 휘청거리며 난간을 붙잡고 간신히 올라갔다. 비가 내린 뒤의 산길은 걷기가 몹시 불편해 몇 번이나 미끄러져 난간에 매달려야 했다. 아래쪽 안내판에는 '정상까지: 약 25분'이라 적혀 있었지만, 대체 누구의 걸음을 기준으로 한 말인지, 실제로는 40분이 훌쩍 넘게 걸리고 말았다. 전망대 벤치에 앉았을 때는 완전히 숨이 가빴다. 올려다본 흐린 하늘에는 파란빛이 비칠 틈조차 없었고, 바람은 안개를 머금어 유난히 습했다. 그럼에도 기분만큼은 상쾌했다.

정상에서 내려다본 고원의 화구호는 가까이서 보는 것보다 더 아름다웠다. 무엇보다 쓰레기가 눈에 띄지 않았다. 그러나 그보다 훨씬 멀리, 서쪽 멀리 흩어져 있는 크고 작은 호수와 늪의 풍경 또한 훌륭했다. 저곳이 해발 400미터 산기슭에 펼쳐진 이웃 마을, 구네토 습원이다.

아마쿠나이 고원을 찾는 손님은 최근 몇 년 사이 꾸준히 줄어들고 있었지만, 구네토 습원은 오히려 그 매력이 재발견되며 점차 활기를 되찾고 있었다.

"정상에도 사람이 하나도 없네……."

오후 3시. 원래 등산객이 많은 시간대는 아니다. 장맛비가 잠시 멎은 평일이라는 점도 한몫했을 것이다. 그렇다 해도 올라오는 동안 마주친 사람이 나비에 정신이 팔린 남자 하나뿐이라는 건 쓸쓸하기 짝이 없었다.

숨이 진정되기를 기다린 마루에는 전망대 거의 중앙에 세워진 작은 사당으로 다가갔다. 노송나무로 만든 낡은 도리이와 사당은 한때 붉은색으로 칠해졌던 듯했지만, 지금은 벗어진 옻칠 자국만 여기저기 남아 있을 뿐이었다. 여닫이문 안에는 남녀로 보이는 목상이 모셔져 있었다. 사당 앞에는 나무 상자가 하나 놓여 있었다. 언뜻 보기에 봉헌함 같았지만, 옆면에는 '모금함'이라고 쓰여 있었다. 그녀는 상자를 들어 올려 살짝 흔들어보았다.

"어머, 들어 있네."

그녀가 알아본 바에 따르면, 요일은 정해져 있지 않지만 주 1회꼴로 직원이 쓰레기 수거를 하며 모금된 돈을 회수한다고 했다. 산양 코스 입구에 차가 세워져 있어서 이미 다녀간 줄 알았는데……. 그런 생각으로 고개를 갸웃하며 상자를 흔드는 와중에 등 뒤에서 목소리가 들렸다.

"뭘 하고 계십니까."

산양 코스 쪽에서 건장한 남자가 걸어오고 있었다. 나이는 마흔 언저리일까. 근육질 몸에 목소리가 굵었다. 덤으로 눈썹까지 짙었다. 목에는 명찰이 걸려 있었다. '아차!' 마루에는 속으로 탄식했다. 아마쿠나이 클럽의 직원이었다.

"설마 도둑질하려던 건 아니겠죠?"

사내가 굳은 표정으로 물었다.

"천만에요. 저도 방금 돈을 좀 넣었어요."

마루에는 가슴을 펴고 당당히 거짓말했다. 그러자 역시 돈의 힘인지 남자의 얼굴이 조금 누그러졌다.

"그렇습니까. 고맙습니다."

마루에가 상자를 건네자, 남자는 뒷면의 자물쇠를 풀고 안에 든 돈을 자신이 가져온 봉투에 옮겨 담았다. 그러는 사이에도 수시로 의심스러운 눈빛을 보내기에 마루에는 저도 모르게 고개를 숙였다. 슬쩍 본 명찰에는 '아마쿠나이 클럽 무코야마 다다시'라고 적혀 있었다.

"어느 코스로 올라오셨습니까?"

"들토끼 코스요."

"죄송하지만, 내려가실 때도 그쪽으로 가주십시오. 난간을 다시 칠해야 해서 이쪽 통행을 막을 예정이거든요."

무코야마는 자신이 올라온 산양 코스를 가리키며 설명했다.

"아, 고생 많으시네요. 그 일 끝나면 들토끼 코스도 좀 손봐주셔야겠어요. 길이 엉망이라 걷기가 너무 힘들더라고요."

그 말이 못마땅했는지, 무코야마는 다시 표정을 굳히며 딱딱하게 말했다.

"조심해서 하산하십시오."

"친절한 말씀 감사합니다."

"조금 서두르시는 게 좋을 것 같네요. 벌써 3시 15분이니 주차장이 닫히기까지 한 시간 정도밖에 남지 않았거든요."

"여름철엔 5시 반까지 열려 있지 않나요?"

"여름철은 다음 달부터입니다. 지금은 4시 반에 닫습니다."

"어머, 큰일이네."

시간이 되면 직원이 주차장 입구에 쇠사슬을 걸어버린다. 마루에는 허겁지겁 배낭을 도로 멨다. 그때 무코야마의 무전기에 수신이 들어왔다. 아마쿠나이 고원에는 아직 휴대전화 전파가 닿지 않는다.

"아래쪽은 봉쇄했습니다. 이제 난간을 보수하러 돌아갑니다. 오버."

또렷하진 않았지만 그렇게 들렸다. '마루에 씨는 귀가 너무 밝아' 하고 이웃에서도 평판이 자자할 정도다.

"알았다. 이쪽도 지금 돌아간다."

무코야마는 무전기를 끄더니, 재빠르게 산양 코스 입구에 노란 밧줄을 걸어 통행을 막았다.

"서두르는 건 하산하고 나서 하십시오. 코스에서 넘어지기라도 하면 큰일이니까요. 조금 늦더라도 주차장은 열어두겠습니다."

그는 끝내 웃지도 않고 그런 말만 남기더니 밧줄을 넘어 산양 코스를 내려갔다.

하지만 서두르지 말라 해도 그러지 않을 수 없는 노릇이었다. 마루에는 시시가미네 봉에서 아래를 향해 들토끼 코스를 거의 달리듯 내려왔다. 도중에 한 번 넘어졌지만, 신기하게도 아픔은 느껴지지 않았다. 하아, 하아, 거친 숨을 몰아쉬며 산책로를 되돌아갔다. 산양 코스 입구에는 클럽 차량이 세워져 있었지만, 잠시 후 그 차가 뒤에서 따라와 그녀를 추월했다. 운전석에는 무코야마가 앉아 있었고, 조수석에 앉은 사람은 아까 무전기로 통화하던 상대이리라. 마루에가 고원에 도착했을 때 매점에서 명물 경단을 굽고 있던 남자였다. 명찰에 '시모카와'라고 적혀 있었던 게 기억났다.

차에 추월당할 때, 마루에는 잠시 망설였지만 일단 가볍게 목례했다. 하지만 직원들은 철저히 무시했다. 아픔이 느껴지기 시작한 발목에 신경 쓰며 서둘러 주차장으로 향했다.

아마쿠나이 산은 오랫동안 관광과는 인연이 없던 땅이었다. 뿐만 아니라, 한때 산악신앙의 성지였던 사실조차 잊혀, 현지 사람조차 가까이하지 않는 산이 되고 말았다.

20년 전, 도이 정町(일본의 기초자치단체를 구성하는 행정구역 중 하나—옮긴이)은 아마쿠나이 고원을 관광지로 개발하고자 8부 능선까지 도로와 주차장을 정비하고 식당, 매점, 자료관, 체험 공방 같은 건물들을 지어 올렸다. 하지만 결과는 처참한 실패였다. 그 사실을 가능한 한 빨리 잊고 싶은 마음이었는지 고원은 그대로 방치되었고, 결국 쓰레기 투기장으로 요긴하게 이용되기에 이르렀다.

10년 전, 산을 지역 주민이 사랑하는 장소로 되살리자는 취지로 아마쿠나이 클럽이 발족했다. 지역의 몇몇 호사가들이 모여 휴일의 취미 삼아 시작한 자원봉사였다. 봉사의 목적은 대량의 쓰레기를 줍고 묻혀 있던 산책로를 되살리는 것, 그리고 무엇보다 산행을 즐길 것이었다. 초원은 조금씩 아름다움을 되찾기 시작했다.

활동을 시작한 지 5년이 지나 클럽의 성과가 알려지자, 회원도 약 40명까지 늘었다. 그 무렵, 시장이 "클럽을 고원의 관리 주체로 지정하고 싶다"는 제안을 했다. 대신 클럽을 법인화해달라는 요청이 붙었다.

단순히 봉사 활동으로 가볍게 이어가고 싶다는 반대파와 법인화하여 관청의 지원을 받아 보다 충실히 활동하자는 찬성파로 의견이 갈리며 회원들 사이에 갈등이 깊어졌다.

"법인이 된다는 건, 말하자면 회사가 된다는 말이야. 각자 다른 직업이 있는 상태로 운영하는 건 쉽지 않지."

"정규직으로 일하지 않는 회원도 있잖아요. 그런 사람을 상근으로 두고 형식만 갖추면, 활동은 지금까지와 똑같이 할 수 있어요."

"법인의 활동 분야에 '관광 진흥'을 포함하라잖아. 지금처럼 해서는 안 될지도 몰라."

"과대 해석이라니까요. 시장으로선 그쪽이 지원하기 쉬우니까 하는 말일 뿐, 깊은 뜻은 없을 거예요. 게다가 이건 우리 클럽에 큰 기회예요.”

“기회? 무슨 의미지? 돈에 눈이라도 멀었나?”

“그쪽이야말로 말이 좀 심하네요!”

논의가 있을 때마다 갈등은 깊어졌고, 결국 모임은 분열했다. 반대파 대부분은 탈퇴하고, 남은 회원들이 NPO 법인을 조직했다. 아마쿠나이 클럽이라는 이름이 그대로 법인명으로 굳어졌고, 그들은 고원 관리를 공식적으로 위탁받게 되었다.


간신히 주차장에 돌아왔을 때 시각은 오후 4시 20분이었다. 해냈어, 마루에! 그녀는 속으로 자신을 칭찬했다.

주차장에 남아 있는 것은 그녀의 차와 무코야마가 몰던 아마쿠나이 클럽의 미니밴 두 대뿐이었다. 그 미니밴 트렁크를 낯익은 사내가 들여다보고 있었다. 손에 채집망을 들고 있었다. 침엽수 계곡에서 나비를 찾던 바로 그 남자였다.

주차장 옆 화장실에서 나온 무코야마가 그 광경을 보더니 다급히 소리쳤다.

“이봐, 당신!”

“우악! 깜짝 놀랐잖아요!”

“놀란 건 나라고. 멋대로 차 안을 들여다보다니.”

“나비가, 나비가 차 안에…….”

"나비라고?"

무코야마가 허리띠를 고쳐 매며 달려왔다.

"저기 날고 있잖아요."

"나비 따위는 아무래도 좋아. 비켜!"

"아마 산푸른부전나비인 것 같은데요. 하지만 창문 너머라 색이 확실하지 않아서요."

"……열어달란 말이야?"

"금방 끝납니다."

나비광은 그렇게 말하고는 물러서지 않았다. 엄청나게 뻔뻔한 태도였다. 무코야마는 등산객을 함부로 대할 수 없다고 생각했는지, 아니면 얼른 보내버리고 싶었는지, 결국 트렁크 문을 열어주었다. 그 순간 남자가 안쪽을 향해 채집망을 휘둘렀다.

"에잇!"

"이봐! 짐을 치면 어떡하나!"

"아, 잡았어요."

"잘됐군. 자, 이제 비켜."

무코야마는 남자를 밀어내며 트렁크 문을 닫았다.

"정말이지, 왜 나비 따위……."

"냄새에 끌렸을지도 모르죠."

"시끄러워!"

성가셨는지 무코야마가 목소리를 높였다. 그러더니 운전석에 올라타 귀찮다는 듯 서둘러 차를 다른 쪽으로 옮겨버렸다.

마루에는 채집망 속 작은 나비를 들여다보며 싱글벙글 웃고 있는 남자에게 다가갔다.

"찾던 걸 발견했어요?"

"아, 고맙습니다. 오랜만이네요. 그때는 감사…… 어, 누구시더라?"

"침엽수 계곡에서 만났잖아요."

"아, 아까 그분! 오랜만이 아니었군요."

"당신은 남을 조마조마하게 만드는 사람이군요."

"걱정을 끼쳐드렸네요."

"정말 그렇다니까요."

"맞다. 저도 하나 걱정되는 게 있습니다. 저 쥐색 차 주인분 되시나요?"

사내가 마루에의 차를 가리키며 말했다.

"쥐색이라니. 그런 말은 말아줄래요? 물론 더럽긴 하지만, 실버예요."

"오늘은 남편분이랑 같이 오신 건가요?"

"아뇨. 다섯 해 전에 세상을 떠났어요. 저 차는 남편이 남겨준 거고요. 혼자가 되고 나서, 저걸 몰기 위해 면허를 땄죠."

"그러셨군요……. 음, 한 5분쯤 전일까요. 제가 고원에서 내려왔을 때, 저 차 옆에 남자가 서 있는 걸 봤거든요. 그 사람은 저를 못 본 모양인데……. 운전석 문에서 열쇠를 뽑아 들더니 차에서 멀어지는 중이었어요."

"뭐라고요! 열쇠를?"

마루에는 급히 주머니에 손을 넣었다. 열쇠는 매직펜과 함께 그대로 들어 있었다. 서둘러 다가가 차 안을 확인했지만, 어지럽혀진 흔적은 없었고 차체에도 손상은 없었다.

"어떤 남자였어요?"

"어떤 남자였냐고 해도, 옆얼굴을 흘끗 본 게 전부라……."

"당신, 그 사람한테 아무 말도 안 했어요?"

"그때는 차 주인인 줄 알았거든요. 이상하다고 느낀 건 그 뒤였죠. 그 남자가 주차돼 있던 또 다른 차인 노란 차를 몰고 주차장을 빠져나가는 걸 봤을 때죠."

"차를 헷갈린 걸까?"

"자기 차를요?"

"렌터카라 제대로 기억 못 했다든가."

"그렇다 해도, 노란색하고 쥐색인데요?"

"그 남자가 타고 간 차, 차종은 알아요?"

"둥글었어요."

"아, 당신…… 차에는 영 소질이 없었지."

"번호판은 적어뒀습니다."

"나이스 플레이네요. 지금 들은 이야기만으로는 신고할 수 없지만, 나중에 피해가 드러날지도 모르니까."

마루에는 그렇게 말하며 주차장을 둘러보았다.

"……그건 그렇고, 당신은 어떻게 돌아갈 생각이에요?"

"버스로요."

"버스라면 이미 끊겼을 텐데."

"네? 마지막 차가 오후 5시잖아요."

"혹시 여름철 운행표를 본 거 아니에요? 이번 달까지는 겨울철 시간표에 맞춰 운행하는데."

마루에는 으스대며 알려주었다.

"겨울철 운행요? 6월인데요?"

남자의 얼굴이 점차 새파래졌다. 정말이지, 신경 쓰이게 만드는 남자다.

"어쩔 수 없네. 태워줄게요."

"괜찮으시겠어요?"

"쥐색 차라도 괜찮다면! 어디로 가세요?"

"구네토 습원의 펜션에 묵을 예정입니다."

"그럼 현도懸道까지 태워줄게요. 거기라면 아직 버스가 다닐 거예요. 화장실 좀 다녀올 테니 잠깐 기다려요."

"서둘러주세요."

"내 페이스대로 할 거예요."

"천천히 다녀오세요."

"그사이에 나비는 놓아주는 거예요!"

"물론입니다."

남자는 부드럽게 망을 흔들었다. 나비의 날개가 살짝 펼쳐지며 푸른빛이 비쳤다. 산푸른부전나비는 망에서 풀려나더니, 어찌 된 일인지 두 사람 곁을 떠나지 않고 아른아른 흩날리며 맴돌았다.

"어머, 귀여워라."

마루에는 무심코 손가락을 나비 쪽으로 내밀었다. 그 순간 세찬 바람이 불어 흙먼지가 일었고, 잠깐 눈을 감은 사이에 나비는 자취를 감춰버렸다.


"에리사와라고 합니다."

조수석에 올라탄 남자가 배낭을 턱 밑에 끌어안은 채 다소 불편한 자세로 고개를 숙였다.

"에리사와…… 드문 성씨네요."

마루에는 모자를 뒷좌석에 내려두고, 머리를 묶고 있던 고무줄을 풀어 손목에 감았다.

"'에리'는 어떻게 쓰나요? 옷깃 금襟?"

흐트러진 머리를 뒤로 모으며 물었다.

"물고기 변에 들 입 자를 써서 에리鯉입니다"

"처음 들어보네요. 물고기 이름인가요?"

"물고기가 아니라, 물고기를 잡는 도구예요."

"아하, 벌레뿐만 아니라 물고기까지 잡는군요. 난 세노 마루에라고 해요. 잘 부탁해요."

마루에는 고무줄을 탁 소리 나게 당겨 다시 머리를 묶고는, 그것을 신호 삼듯 액셀을 밟았다. 차는 주차장을 나서 굽이진 외길을 달려 내려갔다.

"산에는 얼마나 있었어요?"

"오전부터 계속 어슬렁거렸습니다."

"나비를 찾으면서 내내 계곡에?"

"오르락내리락 이곳저곳을요. 침엽수는 습기가 있는 곳에서 자라거든요."

"그런데 결국 잡은 건 주차장에 있던 한 마리뿐?"

"네. 그런데 나비는 발로 맛을 본다는 사실, 아세요?"

"발로 맛을 본다고요?"

"네. 나비는 앞발로 맛을 보면서 꿀을 먹습니다."

"정말로요?"

"소소한 잡학이에요."

"그런 이야기로 '밤의 나비'(일본에서 화류계 여성을 비유적으로 이르도 잡는 건가요?”

“그쪽은 영 채집망에 걸려들질 않더군요.”

마루에가 웃자, 에리사와도 따라 웃었다.

“그건 그렇고, 침엽수 이야기하니까 생각났는데 경단은 먹었어요?”

그렇게 묻는 순간, 에리사와가 자리에서 벌떡 일어날 기세로 크게 외쳤다.

“명물 아마쿠나이 경단!”

마루에는 그 소리에 깜짝 놀라 커브를 놓칠 뻔했다.

“아, 그건 정말 기절할 뻔했습니다. 그렇게 쓴맛 나는 건 난생처음이었어요.”

“기, 기절할 뻔한 건 내 쪽이에요!”

“한약이라도 뿌린 건가요?”

“그건 침엽수로 만든 거예요. 침엽수 열매는 엄청 떫고 쓰거든요.”

“그런데 도호쿠 지방에서는 침엽수 열매를 빻아 그 가루를 떡처럼 만들어 먹는 전통이 있지 않나요? 그렇게 맛없는 걸 일부러 먹는 건가요?”

“원래는 며칠씩 시간을 들여 떫은맛을 빼야 하는데, 그 경단은 그 과정을 생략한 가루로 만든 거거든요.”

“도대체 왜요?”

"말장난이죠. '아마쿠나이'잖아요."(아마쿠나이는 '달지 않다'라는 일본어와 발음이 같다—옮긴이)

에리사와는 입을 쩍 벌렸다. 전혀 눈치 못 챈 모양이었다.

"그런 걸 생각해해다니, 영 센스 없는 사람이네요!"

에리사와가 분개하기 시작했다.

"크게 달지는 않더라도 맛있게 먹을 수는 있게 만들어야죠. 지명이 '우마쿠나이'라면 또 몰라도요."(우마쿠나이는 '맛있지 않다'라는 뜻이다—옮긴이)

"아하하, 그렇네요. 그런데 아마쿠나이라는 지명의 유래는 알아요?"

"아니요."

"아이누어로 '마쿠'는 '안쪽'을, '나이'는 '강'을 뜻한대요. 그러니 '마쿠나이'는 '안쪽의 강'이라는 의미죠. 그게 어느 순간 아마쿠나이로 바뀌었다는 게 유력한 설이에요. 옛날에는 화구호를 수원으로 하는 강이 산기슭의 구네토 습원까지 흘러들었을 거예요. 참고로 '구네토'는 '검은 늪'을 의미하는 '쿤네 토'가 바뀐 거라고 하고요."

아이누어에서 유래했다고 여겨지는 지명은 홋카이도뿐 아니라 도호쿠 지방 북부에도 많다.

"그런 의미라면, '우마쿠나이'가 돼도 이상할 건 없었겠네요. 그 경단은 예전부터 유명했습니까?"

"최근에요. 개발한 직원들이 자기들끼리 명물이라고 부를 뿐, 전혀 유명하지 않아요."

"직원이라면……. 아, 이름을 들은 기억이 납니다. '아마쿠나이 클럽'이었죠? 관공서 부서 이름인가요?"

"고원 관리를 위탁받은 NPO 법인이에요."

"그렇군요. 그런데 그런 단체가 경단을 팔아도 괜찮은 겁니까?"

"직원들 상여금으로 쓰면 곤란하겠지만, 활동 자금으로 쓰는 거라면 장사 자체는 문제없다던데요."

주차장 한구석, 과거에 마을이 지은 시설 가운데 '사냥꾼 자료관'으로 쓰이던 작은 오두막이 지금은 매점과 휴게소, 직원 대기소를 겸하고 있다. 그곳에서 직원들이 경단을 구워 판매한다. 다만 인력이 부족해 가게가 자주 닫혀 있곤 했다.

"에리사와 씨는 이 마을 사람이 아니죠?"

"네."

"그럼 모를 테지만, 아마쿠나이 클럽을 두고 이런저런 일이 있었어요."

마루에는 클럽의 탄생과 분열에 얽힌 짧은 역사를 이야기해주었다.

"조직이 바뀌고 나서 관리가 점점 허술해졌죠. 산책로, 걷기 힘들지 않았나요? 물웅덩이도 많고."

"큰비가 왔으니까요."

"하지만 비가 온 건 지난주잖아요. 예전 같았으면 물웅덩이가 생길 만한 곳을 바로바로 메웠을 거예요. 그런데 지금은 뭐죠? 순찰도 고작 주 1회, 그것도 차로만 다니니 오히려 길을 더 망가뜨리는 꼴이에요. 아까 산 정상에서 직원을 만났을 때 '난간을 다시 칠한다'고 했는데, 그것도 도대체 언제부터 방치한 건지……. 아, 이런. 모처럼 산을 찾아준 손님한테 하소연이나 하고 있네요. 클럽 이야기만 나오면 괜히 열불이 나서요."

"혹시 세노 씨는 클럽의……?"

"나는 아니고, 세상을 떠난 남편이요. 클럽이 처음 생겼을 때 회원이었어요. 그런데 법인화 소동으로 결국 그만두게 됐죠……. 병이 발견된 건 그 직후였어요. 치료에 전념하려고 회사까지 그만뒀지만, 순식간이었죠."

그 말을 하고 나니 차 안의 공기가 축축해진 것을 느끼고 마루에는 조금 당황했다.

"그럼, 사모님은……."

"뭐예요, 갑자기 사모님이라니. 그냥 편하게 '마루에 짱'이라고 불러요. 내 나이가 한참 많으니 나도 그냥 말 편하게 할게요."

"마, 마루에 짱은……."

어색하다.

"응?"

"지금의 클럽 사람들을 원망하시나요?"

"남편에게서 아마쿠나이 고원을 빼앗아갔다고 생각하면, 억울한 기분은 들지."

"그럼 산책로에 빈 캔을 버린 건 그것과 관련이 있나요?"

갑작스러운 질문에 그녀는 또다시 핸들을 놓칠 뻔했다.

"으악!"

에리사와가 소리를 질렀다. 급커브에서 타이어가 비명을 질렀다.

"아이고, 미안."

"괘, 괘, 괜찮습니다."

에리사와는 전혀 괜찮지 않은 표정으로 말했다.

"……저기, 에리사와. 방금 한 말은 무슨 뜻이야?"

"음, 그게, 뭐였더라?"

"모른 척하지 말고. 내가 산책로에 쓰레기를 버렸다며."

에리사와는 조수석 창문 쪽을 보며 "하하하" 하고 머리를 긁적였다.

"이런, 실수했네요. 괜히 상상력을 발휘해서, 이번엔 제가 말실수를 했습니다."

"어떤 상상?"

“……침엽수 숲에서 대화를 나눈 뒤, 산책로로 돌아가 보니 마루에 짱이……. 아, 역시 마루에 짱이라 부르는 건 그만두는 게 낫지 않을까요.”

“괜찮아, 괜찮아.”

“……마루에 짱이 서 있던 근처에 커피 캔이 떨어져 있는 걸 봤거든요. 저한테 손을 흔들었을 때 들고 있던 것과 비슷한 캔이었어요.”

“고작 그런 이유로 내가 버린 거라고 생각한 거야? 그건 어디서든 파는 커피잖아.”

“캔 바닥에 매직펜으로 그려진 기호 같은 게 있었어요. 조금 전 이름을 듣고 딱 떠올랐습니다. 이거 보세요.”

에리사와가 휴대전화 화면에 사진을 띄웠다. 마루에는 곁눈질로 그걸 들여다보았다.

“OS……. 만약 그게 이름의 이니셜이라면, 난 아니야. 난 MS니까.”

“알파벳 O가 아니라, 동그라미인 것 같아서요. 마루에의 ‘마루’는 둥글 환丸 자를 쓰지 않나요?”

“…….”

“그 뒤에도 비슷한 표시가 된 캔을 몇 개 더 봤는데, 전부 눈에 잘 띄는 곳에 버려져 있더군요. 전 오전부터 고원 안을 돌아다녔지만, 캔이 눈에 띈 건 마루에 짱을 만난 뒤부터였어요. 그래서……."

"……의외로 예리하네."

"맞혔습니까?"

에리사와는 얼굴을 빛내며 기뻐했다. 남이 숨기고 싶은 걸 들춰놓고도 어쩜 이렇게 태연할까. 그래도 묘하게 밉지 않은 구석이 있었다.

"하지만 그건 내가 갖고 간 쓰레기가 아니야. 원래 버려져 있던 캔을 눈에 잘 띄는 데로 옮긴 것뿐이지. 게으른 직원들이 차에서도 발견할 수 있게 말이야. 내가 직접 가지고 내려 오기는 귀찮았거든. 물론 칭찬받을 행동은 아니지만……."

그런데도 천진난만한 추궁자는 그 설명이 납득되지 않는 눈치였다.

"그렇다 해도 굳이 표식까지 남긴 이유가 뭐죠?"

마루에는 대답을 망설이며 잠시 침묵했다. 곧 전방에 동서로 뻗은 현도와 교차하는 T자형 삼거리가 보였다. 왼쪽으로 가면 도이 정의 시가지 방면, 오른쪽으로 가면 구네토 습원이 있는 이웃 마을로 이어진다. 그녀는 방향 지시등을 켜고 왼쪽으로 꺾었다. 그대로 200미터쯤 달린 뒤, 차를 유턴하여 T자형 삼거리를 향해 차 머리를 돌리고 버스 정류장 앞에 멈췄다. 에리사와는 안전벨트를 풀고, 환한 얼굴로 종이한 장을 내밀었다.

"태워주셔서 고맙습니다. 정말 즐거웠어요. 이거, 아까 말씀드린 노란 차의 번호판이에요. 다른 지역에서 온 차더군요. 혹시라도 피해를 입으셨다면 쓰시길."

마루에는 종이를 받아 들고 미소로 화답했다.

"조금 더 타고 있어."

"네?"

"습원까지 데려다줄게. 대신, 아까 그 빈 캔 이야기……. 사정을 설명할 테니 도와줬으면 하는 게 있는데."

"어떤 사정인지랑 도울 내용에 따라서요. 무섭거나 아픈 건 좀……."

"당신 참 재밌는 사람이네. 마을 사람들에겐 부끄러운 사정이지만, 무서운 건 아니야."

마루에는 웃으며 비상등을 켰다.

"아마쿠나이 클럽 직원들한테 그 빈 캔을 주워가게 한 건 사실이야. 내가 알고 싶은 건, 고원에서 수거된 쓰레기가 그 다음에 어디로 가는가 하는 거야."

"무슨 말씀이시죠?"

"남편은 클럽을 그만둔 뒤, 구네토 습원에서 '구네토를 지키는 모임'이라는 자원봉사 활동에 참여했어. 아주 짧은 기간에 불과했지만. 이미 몸 상태가 좋지 않았기에 나도 따라다녔고, 그 덕에 몇몇 친구도 생겼지. 그런데 최근에 그 친구

들에게서 '습원에 쓰레기가 갑자기 늘어서 걱정이다'는 이야

길 들었어."

마루에는 창문을 조금 열었다.

"한 달에 몇 번씩 빈 캔이나 페트병이 한꺼번에 버려지고

있대. 고원과 달리 습원은 거의 매일 청소를 하니까 그런 게

눈에 띄는 거지."

"그렇군요."

"그뿐만이 아니야. 쓰레기가 버려진 것으로 여겨지는 밤에

습원 근처에서 똑같은 차가 목격되었다는 사실도 알게 됐어.

그런데 그 차의 특징이 아마쿠나이 클럽의 미니밴하고 일치

했지."

마루에가 얼굴을 찌푸리자, 에리사와도 그것을 흉내 내며

곤란해하는 표정을 지었다.

"아마쿠나이 고원은 지금 클럽이 관리하게 된 뒤로 평판

이 좋지 않아. 하지만 습원 쪽은 '구네토를 지키는 모임' 활

동이 의외의 성과를 내면서 요즘 주목받고 있지. 알고 있었

어?"

"옛 아이누 문화의 목제품이 발굴됐다죠."

"응. 습원 청소 중에 말이야. 나무는 물에 젖으면 빨리 썩

는다고 생각하기 쉽지만, 완전히 물속에 잠기면 공기와 닿지

않아서 오히려 보존이 잘될 수도 있대. 그렇게 발견된 목제

품이 화제가 되면서 현재 구네토 습원의 관광붐은 그 모임의 활동을 빼고는 말할 수 없게 됐어. 산 위와 아래의 두 관광지가 비교되는 일도 잦아졌고, 아마쿠나이 클럽 녀석들로서는 속이 뒤집히는 일이겠지.”

“아마쿠나이 클럽 사람들이 습원의 평판을 조금이라도 깎아내리려고 일부러 쓰레기를 버리고 있다는 건가요?”

“격차를 줄이는 방법은 두 가지야. 자기가 올라가든가, 상대를 끌어내리든가. 하지만 어디까지나 의혹일 뿐 확증은 없어. 게다가 의심하는 건 나쁘야. 구네토를 지키는 모임 사람들은 차량이 일치한다는 사실을 아직 모르거든.”

“알려주지 않을 건가요?”

“가능하면 내 손으로 조용히 해결하고 싶어. 남편이 만든 단체 이름을 적어도 겉으로라도 더럽히고 싶지 않거든. 한심한 옛정일까?”

“전혀 그렇지 않습니다.”

“그러려면 먼저 클럽이 불법 투기에 관여하고 있다는 사실을 확실히 알아볼 필요가 있겠지?”

“그래서 표식을 남긴 빈 캔을 쓰신 거군요.”

“투기 현장을 직접 잡는 건 쉽지 않지만, 습원 청소를 하며 주운 쓰레기 중에 원래는 고원에 있어야 할 캔이 섞여 있다면 내겐 의혹을 뒷받침할 근거가 돼. 내일부터 2주 동안 그쪽 자원봉사를 돕기로 했거든. 그사이에 표시된 쓰레기가 발견된다면…….”

“정말 적극적이시네요.”

“한가하니까. 게다가 난 남편이나 구네토를 지키는 모임 멤버들과 달리 얼굴도 알려지지 않았고.”

“사정은 충분히 알겠습니다. 그렇다면…… 제가 실수했네요.”

에리사와는 미안한 표정을 지으며 품에 안고 있던 배낭의 지퍼를 열었다 닫았다 했다.

“실수라니, 무슨 이야기야?”

“아니 그게, 마루에 짱이 심어둔 그 빈 캔……. 제가 주웠거든요.”

“뭐라고?”

“안 주웠으면 표식 따위도 눈치 못 챘을 거예요! 그게, 너무 눈에 띄는 자리에 떨어져 있어서.”

에리사와는 배낭을 열고 자신이 주운 빈 캔을 보여주었다. 그것을 본 마루에는 한숨을 크게 내쉬었다.

“작전 실패네.”

마루에가 어깨를 으쓱이는 걸 본 에리사와가 말했다.

“정말 죄송합니다.”

“……아니, 괜찮아. 사과할 필요 없어. 쓰레기를 주운 건 훌륭한 일이잖아. 참고로 말하자면, 나도 내가 버린 것보다 더 많은 쓰레기를 챙겨왔어. 이렇게 된 이상 결국은 현장을 잡는 수밖에 없네. 괜찮아. 그럴 작정이었으니까 당신한테 털어놓은 거야. 내가 부탁하고 싶은 게 바로 그거거든. 나랑 같이 아마쿠나이 클럽의 차를 미행하지 않겠어?”

“미행이라고요?”

“그들이 언제 쓰레기를 버리러 가는지는 아직 모르지만, 고원을 순찰한 날 바로 버리러 갈 가능성이 높다고 봐. 그런데 오늘이 마침 순찰일이었잖아? 절호의 찬스라는 거지!”

“그럼 지금 여기 멈춰 있는 건…….”

“그들의 차가 산에서 내려오기를 기다리는 거야. 우리가 주차장을 떠난 뒤 몇 분쯤 지나 그 사람들도 일을 마치고 출발했을 거야. 곧 교차로로 들어오지 않을까? 평소라면 마을에 있는 사무소로 돌아가니까 T자형 삼거리에서 이쪽으로 꺾을 거야. 그런데 만약 구네토 쪽으로 우회전한다면……. 아, 온다!”

고원 쪽에서 내려온 차량 한 대가 T자형 삼거리에서 잠시 멈추더니, 구네토 방면으로 달려갔다. 차가 우회전할 때, 운전석에 앉은 무코야마의 얼굴이 똑똑히 보였다.

“자, 추적 시작이야.”

10분 후, 차는 지역 경계 표지판을 지나서 이웃 마을로 들어섰다. 두 대의 차는 수백 미터 간격을 유지한 채 자작나무 가로수가 이어지는 현도를 따라 서쪽으로 내려갔다.

"지금 아마쿠나이 클럽 활동이 제대로 굴러가지 않게 된 이유가 뭔가요?"

"보조금을 받다 보니 소박한 환경 보전보단 더 눈에 띄는 걸 하고 싶어진 모양이야. 원래는 '지역 사람들에게 사랑받는 산으로'라는 취지였는데, 점점 외부인들을 향한 홍보 활동이 늘어났어. 이벤트를 열고, 광고에 돈을 쓰고, 활동 자금을 벌겠다며 사업에도 손을 댔는데 전부 실패로 이어졌지. 처음 세운 활동 방침이 달라지자 법인화를 지지하며 남아 있던 회원들도 하나둘 탈퇴한 탓에 지금은 인력도 부족해져서 활동이 정체되고 말았어. 굳이 구네토 습원의 사례를 들지 않더라도 갈고닦아야 할 보물은 언제나 안에 잠들어 있는 법인데 말이야."

"지금 클럽에서는 몇 명 정도가 활동하나요?"

"임원과 정회원까지 합치면 십수 명? NPO 법인을 유지하는 데 필요한 인원을 간신히 채우고 있는 정도지. 다만 모두가 직접 활동에 참여하는 건 아니고, 상근으로 활동하는 건 대표인 무코야마 외에 기껏해야 세 명 정도야. 그들이 교대로 쉬어가며, 고원에는 두 명, 마을에 있는 사무소에는 한 명이라는 배치로 일하고 있어. 자원봉사자조차 제대로 확보하지 못하는 상황이라, 운영이 꽤 힘든 모양이야."

가볍게 핸들을 조작하며 일정 거리를 유지한 채 추적이 이어졌다.

"오늘 고원에 있던 건 무코야마랑 또 한 명, 시모카와라는 남자였어. 내 사전 조사에 따르면 습원에서 쓰레기가 늘어나는 건 이 둘이 함께 근무하는 주더라."

"정말 꼼꼼히 조사하셨네요."

"말했잖아, 한가하다고. 게다가 친구도 많거든."

외길에 오랜만에 교차로가 나타났다. 앞서가던 미니밴이 속도를 높여 노란불에 맞춰 우회전했다.

"조금 더 거리를 두는 게 좋겠네."

마루에는 빨간불 앞에 멈추며 그렇게 말했다.

"습원에는 몇 시쯤 도착할까요?"

"이 속도대로라면 여섯 시 전에는 도착할 거 같은데."

"아직 밝겠군요."

"어두워지길 기다릴지도 몰라."

"주변에 CCTV는요?"

"주차장 근처 관광안내소에 있긴 한데, 시설 입구 부근만 찍고 있어."

"주차장은 아직 열려 있나요?"

"열려 있긴 하지만, 아마 거기 세우지 않고 차를 몰고 숲으로 들어가지 않을까?"

"숲으로요?"

습원의 호수와 늪은 산 서쪽 기슭, 해발 400미터의 완만한 경사면에 숲으로 둘러싸여 흩어져 있다. 무료로 개방된 하나뿐인 주차장이 입구 역할을 하고, 거기서부터 습원을 도는 목제 산책로가 정비되어 있지만, 아무리 밤이라고 해도 그 길을 당당히 걸으며 쓰레기를 버리지는 않을 것이다. 주변 숲에는 임도가 이어지는 곳이 있고, 숲은 습원을 내려다보는 언덕처럼 조성되어 있기에 무코야마 일행은 아마 그곳에서 쓰레기를 버릴 거라고 마루에는 짐작했다.

신호가 파란불로 바뀌자, 마루에는 매끄럽게 차를 출발시켰다. 여기서부터 습원까지 이어지는 길은 커브도 거의 없고 길가에는 키 큰 나무도 없다. 앞쪽 멀리 작은 점이 된 클럽 차량이 보였다.

남자가 옆에 있으면 든든하다는 마음에 시작한 미행이었지만, 만만치 않은 일이라는 건 물론 알고 있었다. 임도에서는 상대에게 들키지 않도록 더욱 거리를 두고 전조등도 켜지 않는 편이 좋다. 이상적인 것은 투기 현장을 딱 잡아내는 것이지만, 세상일이 그렇게 쉽게 풀릴 리는 없다. 그래도 어느 정도 장소만 특정할 수 있다면, 다음 수를 준비할 수 있을 것이다……. 그렇게 생각하던 중, 마루에는 차량 말고 또 다른 목격담이 있었다는 것을 떠올렸다.

"에리사와, 무코야마 차의 트렁크를 들여다봤을 때, 가방은 없었어?"

"꽤 큰 보스턴백 같은 게 있었어요. 안이 꽉 차 있었고요."

"역시 그렇구나. 대형 가방을 든 수상한 두 사람을 봤다는 정보가 있거든. 분명 그거일 거야."

"그렇군요. 그 안에 대량의 캔을 넣어 운반……. 아니, 잠깐. 오늘 내용물은 캔이 아니었는데."

"안이 꽉 차 있었다거나 캔이 아니라거나, 그걸 어떻게 알아?"

"망으로 몇 번 두드려봤으니까요."

"아, 나비를 잡으면서."

"감촉이 캔이나 페트병이 아니었어요. 소리도 안 났고요……."

"그럼 오늘은 다른 대형 쓰레기인가? 처리비를 아낄 속셈으로."

"……."

"왜 그래?"

"……좀 신경 쓰이는 게 있어서요. 조금 전 그 차 말인데, 한 사람밖에 안 타고 있었죠?"

그러고 보니 잠복하던 T자 삼거리에서 우회전할 때 보인 건 무코야마의 얼굴뿐이었다. 조수석에 사람이 없었기 때문에 이쪽에서도 오른쪽 운전석의 남자를 또렷하게 볼 수 있었다.

"확실히 무코야마 혼자였어. 그 차, 뒷좌석은 없는 2인승 미니밴이었지?"

"네. 좌석은 운전석과 조수석뿐이었어요."

"그렇다면 시모카와가 없네. 어떻게 된 걸까⋯⋯. 어라, 에리사와, 괜찮아?"

에리사와가 대시보드의 한 점을 응시한 채 묘하게 진지한 표정을 짓고 있었다.

"차멀미라도 하는 거야? 내가 운전을 거칠게 하나?"

에리사와는 고개를 젓더니 약간 흥분한 듯 다시 입을 열었다.

"마루에 짱. 사라진 건 시모카와가 아니에요."

"무슨 뜻이야?"

"아까 마루에 짱이 어떤 남자였냐고 물어보셨죠. 그때부터 어디선가 본 얼굴 같다는 기분이 들었거든요."

"무슨 이야기를 하는 거야?"

"주차장에서 이 차에 장난을 치고 노란 차로 떠난 남자 말이에요! 그는 매점에서 아마쿠나이 경단을 팔던 사람이에

요. 즉, 아마쿠나이 클럽 소속……. 그가 바로 시모카와 아닐
까요?"

"경단을 팔던 남자라면, 분명 시모카와가 맞을 거야…….
하지만 왜 무코야마랑 다른 차로 이동을……. 아, 그렇구나.
오늘은 일이 있어서 구네토에는 못 가니까 처음부터 자기
차로 출근한 건가 보네."

"아니에요. 그 노란 차는 그의 것이 아닙니다."

"아니라고?"

"그게 자기 차라면, 이 차에다 열쇠를 꽂아볼 이유가 없잖
아요. 자기 차 열쇠로 남의 차까지 열리나 시험해보다니, 멀
쩡한 어른이 그런 짓을 할까요?"

"그럼, 어떻게 설명하면 말이 되는데?"

"이렇게 생각해보면 어떨까요. 그는 차 열쇠를 가지고 있
었다. 하지만 그 열쇠가 어느 차의 것인지는 몰랐다. 그래서
직접 문에 열쇠를 꽂아보며 맞는 차를 찾고 있었다. 주차장
에 있던 건 자기네 클럽의 차를 빼면 쥐색과 노란색, 단 두
대뿐. 그 정도면 해볼 만하죠."

"진심이야? 우연히 주운 열쇠로 남의 차 문이 열린다고 그
대로 몰고 갔다고? 그거야말로 더 말이 안 되잖아."

"우연히 주운 열쇠로 직원이 그런 짓을 한다는 건 분명 말
이 안 됩니다. 하지만 그 열쇠가 우연히 주운 게 아니었다면

요? 게다가 그 열쇠에 맞는 차를 반드시 움직여야 할 이유가 있었다면요?"

"그게 도대체 무슨 이유인데?"

에리사와는 마치 답이 천장 어딘가에 적혀 있기라도 한 듯 위를 올려다보았다.

"저는 보스턴백 안에 들어 있는 게 노란 차의 주인이 아닐 까…… 생각합니다."

마루에는 급브레이크를 밟았다. 둘 다 몸이 앞으로 휙 쏠렸다.

"당신, 무슨 소릴 하는 거야!"

"아까 마루에 짱이 트렁크를 봤을 때의 일을 물어서, 그제 야 떠올랐어요."

에리사와의 얼굴은 새파랗게 질려 있었다. 급브레이크 때문에 놀란 건지, 그전부터 이미 그랬던 건지는 알 수 없었다.

"무코야마라는 직원이 제 부탁을 마지못해 들어주며 트렁크 문을 열었을 때, 차 안에서 달콤한 냄새가 났어요. 제가 나비를 잡자 그는 서둘러 문을 닫으며 '왜 나비가 차 안에 있지……' 하는 식으로 중얼거렸죠. 저는 농담 반 진담 반으로 '냄새에 끌렸을지도 모르겠네요' 하고 대답했어요. 그 랬더니 그가 갑자기 소리를 버럭 지르더니 바로 차에 올라타서 자리를 피해버렸죠. 그때 저는 냄새가 방향제 같은 것에서 나는 거라고 생각했어요. 하지만 지금 돌이켜보니 그건 여성용 향수…….”

마루에는 견딜 수 없다는 듯 고개를 세차게 저었다.

“당신, 그 가방 안에 사람이…… 그것도 여자가 들어 있다고 말하고 싶은 거야?”

“현재로선 단순한 상상일 뿐입니다.”

“그건 상상은커녕 그냥 망상이야!”

마치 토해내듯 내뱉고는 이번에는 액셀을 힘껏 밟았다. 설마 그런 일이? 아니, 말도 안 돼. 하지만 말도 안 된다고 생각하면서도 물어보지 않을 수 없었다.

“당신 망상 속의 그 여자는 살아 있어?”

“살아 있었다면 제가 그 가방을 망으로 두드렸을 때 뭔가 반응을 보였겠죠. 그 이전에, 만약 살아 있었다면 제가 아무리 부탁해도 무코야마는 트렁크를 열지 않았을 거예요. 게다가 아무리 큰 가방이라 해도 몸을 부자연스럽게 구부려야 들어갈 수 있는 크기였고요. 또 하나, 살아 있었다면 자기 차가 어떤 건지, 무코야마 일행은 본인에게서 직접 들을 수 있었을 겁니다.”

그게 불가능했기에 시모카와는 소지품에 있던 열쇠를 꽂아보며 맞는 차를 찾을 수밖에 없었다는 말인가. 마루에는 핸들 아래쪽에서 덜그럭거리는 자기 차 열쇠를 바라보았다.

자기처럼 복사한 열쇠를 사용한다면 겉만 보고 제조사를 특정할 수 없다. 그렇다면 에리사와의 말대로 직접 꽂아보는 수밖에 없었으리라. 후보는 단 두 대뿐이었다.

"무코야마가 습원에 버리려는 게 빈 캔이 아니라 여자 시체라는 거야?"

"여자인지 아닌지는 알 수 없지만요."

"……역시 바보 같아."

마루에는 앞을 똑바로 응시했다. 머릿속 한 구석이 찌릿하고 저렸다. 뭔가가 마음에 걸렸다. 그녀는 산 정상에서 마주쳤던 무코야마의 태도를 떠올리려 했다. 그때 그와 무슨 이야기를 나눴던가. 수상쩍은 기색은 없었나.

"가방 안에 있는 사람을 무코야마와 시모카와가 죽였다는 거야?"

그 물음에 에리사와는 "그건 모릅니다만" 하고 전제한 뒤 답했다.

"그들이 발견했을 때, 이미 죽은 상태였을 수도 있죠. 지난 주에 내린 폭우로 등산로 상태가 그다지 좋지 않았으니까요. 그게 원인이 되어 사고가 일어났다고 해도 이상하진 않습니다."

마루에는 정신이 번쩍 들었다. 그렇다, 난간이다. 난간을 새로 칠한다. 그렇게 말하며 무코야마는 산양 코스의 출입을 막았다. 하지만 정말로 그게 이유였을까?

　질퍽한 등산로, 물기를 머금은 산비탈, 제대로 보수되지 않은 난간……. 그녀는 상상했다. 산양 코스를 걷던 여자가 발을 헛디뎠거나, 아니면 난간에 몸을 기대는 순간 난간이 땅과 함께 무너지면서 절벽 아래로 추락해 목숨을 잃는다. 그것을 정상의 모금함을 회수하러 온 무코야마와 시모카와가 발견한다. 그들은 사고를 은폐하기 위해 시신을 몰래 차로 옮겨 싣고, 등산로를 통제해 현장의 흔적을 없앤다…….

　잊고 있던 발목의 통증이 되살아났다. 머릿속에 흙으로 더럽혀진 옷차림 그대로, 부자연스럽게 구부러진 자세로 보스턴백 안에 처박힌 여자 모습이 떠올랐다. 얼굴은 그저 검은 그림자일 뿐이다.

　어느새 에리사와의 망상을 받아들이고 있다는 사실을 깨닫고 마루에는 순간 당황했다. 그러나 그 상상은 또 다른 연상으로 이어졌다. 만약 내가 그때 들토끼 코스가 아니라 산양 코스를 택해서 무코야마 일행의 은폐 현장을 목격했다면……. 얼음이 스친 듯한 냉기가 등줄기를 타고 흘렀다.

　"그들은 빈 캔을 버리려는 것과 같은 이유로 시체를 버리려 한다. 그런 이야기지?"

　"아마도요."

　등산로 관리 부실로 사망 사고가 일어났다면 그 책임을

피할 수는 없을 것이다. 그러나 시체를 구네토 쪽에 떠넘기면 자신들의 책임을 회피할 뿐 아니라 구네토 습원에 부정적인 인상까지 덮어씌울 수 있다. 그야말로 일석이조. 마루에는 몸서리쳤다.

"시신만 옮겨놓고 차를 고원에 그대로 둘 순 없지. 그래서 시모카와가 차를 운전해 옮기는 역할을 맡았다는 거네. 하지만 그걸로 피해자가 고원에 왔었다는 것까지 감출 수 있을까? 요즘은 기록이 얼마든지 남잖아."

"그들의 목표는 사망자가 '고원에 왔었다'는 사실을 숨기는 게 아닙니다. '고원에서 죽었다'는 사실을 숨기려는 거죠. 피해자는 스스로 차를 몰고 구네토 습원까지 왔다. 다시 말해 고원을 출발할 때까지는 살아 있었다. 그렇게 믿게 만드는 거예요. 시신에는 옮긴 흔적이 남을 테니 곧바로 발견 장소와 사망 장소가 다르다는 의혹이 떠오를 겁니다. 그렇다고 해도 경찰의 시선이 습원 주변에 쏠리기를 기대하는 거겠죠."

"너무 안이하네."

"제 추측이 맞다면, 이건 애초에 계획된 범행이 아니니까요. 우연히 발견한 시신을 지금까지 버려왔던 빈 캔으로 치환한 것뿐인, 즉흥적이고 거친 발상이죠. 다만 습원이라는 장소는 우연이라 해도 은폐에 적합할지도 모릅니다. 물이 있다는 건, 이를테면 사망 시각 추정을 조금은 번거롭게 만들 테니까요."

"시신에 영향을 준다는 뜻이야?"

"오래된 목제품만큼은 아니겠지만요."

바로 그때였다. 앞서가던 미니밴이 왼쪽으로 꺾더니, 금세 숲속으로 사라졌다. 습원 주차장까지는 아직 5킬로미터쯤 남아 있었다.

"이렇게 이른 길목에서 임도로 들어가다니, 정말 사람의 시선을 피하고 싶은 모양이네."

"중간쯤에서 가방을 메고 숲속으로 걸어 들어갈 수도 있겠네요. 아무리 즉흥적이라도 타이어 자국은 의식하겠죠. 아니면 저 앞에 노란 차가 기다리고 있어서, 거기에서 갈아타려는 걸지도 모르고요. 열쇠를 시체에 되돌려놔야 하니까요."

몇 분 후 마루에의 차도 임도에 들어섰다. 하지만 곧 갈림길이 나왔다. 무코야마가 어느 쪽으로 갔는지 알 수 없었다. 에리사와가 말한 타이어 자국도 아마추어가 식별할 수 있는 건 아니었다. 그녀는 차를 세웠다. 내비게이션 화면을 확대하여 스크롤했다.

"이 앞에도 갈림길이 몇 개나 있네."

"모두 습원 깊숙한 늪지 쪽으로 향하고는 있지만……."

어떤 길은 그대로 습원 반대편으로 빠져나갈 수 있는 길이었다. 주위는 이미 어스름했다. 새소리가 어딘가 불길한 전조처럼 들렸다. 그때 에리사와가 갑자기 내비게이션 전원을 꺼버렸다.

"왜 그래?"

"마루에 짱, 여기까지만 하죠. 이 이상은 위험합니다. 언제부터인지 휴대전화도 터지지 않고요."

그녀도 알고 있는 사실이다. 숲속을 달리는 것이 불안하기 때문만은 아니다. 무코야마가 옮기는 것이 정말 빈 캔이 아니라 시신이라면, 추적을 눈치챈 그들이 무슨 무모한 짓을 벌일지 알 수 없다. 어쨌든 지금 그들은 안이하고 난폭하며 충동적인 상태인 것이다.

"하지만 여기까지 왔는데."

에리사와는 고개를 저었다. 그리고 살짝 마루에의 팔에 손을 올렸다.

"마루에 짱이 말한 대로 아직은 어디까지나 전부 제 망상일 뿐이에요."

차분하고 온화한 목소리였다. 그의 시선에 마루에 짱은 묘한 안도감과 함께 한순간에 현실로 끌려 돌아온 듯한 기분이 들었다.

"만약 망상이 아니라면 머지않아 시체가 발견되거나 행방불명자 수색이 시작되겠죠. 버려진 차도 곧 발견될 겁니다. 그때가 바로 우리가 나설 차례예요. 아까 건넨 노란 차 번호가 방치 차량과 일치한다면, 경찰은 분명 우리 이야기를 들어줄 겁니다."

에리사와가 힘주어 고개를 끄덕였다.

……그렇다. 어디까지나 이 남자가 지어낸 상상에 불과하다. 미니밴 안에 여자 시체가 실려 있다고? 그걸 입증할 증거는 어디에도 없지 않은가.

"내일 다시 임도를 달려봐도 좋고요. 전 마을에서 하룻밤 묵을 거고, 마루에 짱도 자원봉사를 하러 습원에……."

마루에의 온몸에서 힘이 빠져나가는 듯했다. 막 잠에 빠져들기 직전처럼, 에리사와의 목소리도 어딘가 멀리서 들려오는 것만 같았다.

그래, 돌아가자. 머리를 식힌 후 그렇게 대답할 생각으로 그녀는 운전석 창을 활짝 열었다. 그 순간, 차가운 바람에 실린 달콤한 꽃향기가 차 안으로 스며들었다. 그 향기가 불현듯 마루에의 기억을 건드렸다.

'아!'

그녀는 정전기에 튕기듯 핸들에서 두 손을 홱 뗐다.

'달콤한 향수 냄새…….'

상상 속에서 희미한 검은 그림자에 불과했던 시신의 얼굴에 빛이 드리워졌다. 드러난 것은 고원 매점에서 마주쳤던 그 젊은 여자의 얼굴. 마루에는 놀랐다. 갑자기 눈물이 솟구쳤기 때문이었다.

마루에는 남편을 잃고 몇 년간 과거 속에 갇혀 지내는 시간이 많았다. 며칠씩 집에서 한 발짝도 나오지 않을 때도 있었다. 원래부터 사교적인 성격은 아니었다. 기억 속에서만 남편과 함께 여러 곳을 여행 다녔다.

그런 그녀를 걱정하며 자꾸만 말을 건네주는 사람들이 있었다. 예전에 남편을 따라 참가했던 '구네토를 지키는 모임'의 지인들이었다. 처음에는 그들의 말이 마음에 전혀 와닿지 않았다. 그냥 내버려두었으면 싶었다. 하지만 여러 번 연락을 받는 사이, 마음이 조금씩 움직였다. 자신을 걱정하는 사람이 있다는 사실에 힘을 얻었다.

이러면 안 된다. 마침내 마음을 다잡고 굳게 결심해 자동차 운전면허를 땄다. 지역 활동에도 참여했고 친구도 늘었다. 남편을 잊은 건 아니었지만, 마치 새로 태어난 듯한 기분이 들었다.

'그때, 고원 산책로 입구에서……'

혹여 귀찮아할지라도 그녀에게 말을 걸었다면, 그녀의 운명은 달라졌을지도 모른다. 그런 생각이 마루에를 사로잡았다. 작은 일이 미래를 바꾸기도 한다. 아침의 나비 날갯짓이

밤의 토네이도를 일으키듯이.

"괜찮아요?"

에리사와가 걱정스레 그녀의 얼굴을 들여다봤다.

"……그녀는 산에 혼자 있었어. 예쁜 분홍색 스니커즈를 신고……. 귀에는 이어폰을 꽂고 숲의 소리조차 막아버린 채……."

"네?"

"……에리사와."

"네."

"부탁이야. 조금만 더, 같이 가줘."

마루에는 떨리는 손가락으로 내비게이션 전원을 켰다.

"만약 이게 망상이 아니라면, 단 1초라도 빨리 그녀를 찾아주고 싶어."


임도는 점차 고도가 높아졌고, 차는 10분도 안 돼 작은 산등성이를 달리고 있었다. 오른편 골짜기는 분명 습원으로 이어질 터였지만 지금은 깊은 어둠뿐이다. 들키지 않는 것보다 일단 무코야마와 시모카와를 찾아내는 게 우선이라는 마음으로 마루에는 전조등을 켰다.

안개가 끼었다가 걷히기를 반복했다. 차는 느릿느릿 기어가듯 달릴 수밖에 없었다. 커브를 조금만 잘못 돌면 바로 골짜기로 곤두박질칠 것이다.

어두운 길 앞에 갑자기 두 개의 빛나는 점이 떠올라, 마루에는 "꺄악!" 하고 비명을 지르며 브레이크를 밟았다. 거기엔 늠름한 수컷 산양이 가만히 서서 이쪽을 바라보고 있었다.

"……빛난다."

에리사와가 중얼거렸다.

"응. 산양의 눈이……."

"아니, 그게 아니라…… 절벽요."

에리사와가 마루에의 눈앞으로 팔을 뻗어, 운전석 창 너머 골짜기 쪽을 가리켰다. 그녀의 시선이 천천히 에리사와의 손끝을 따라갔다.

"정말이네, 빛나고 있어!"

골짜기 맞은편 경사면 일부가 환히 드러나 어둠 속에서 둥글게 떠올라 있었다. 두 사람은 거의 동시에 안전벨트를 풀고 밖으로 뛰어나왔다.

"조심하세요!"

마루에는 에리사와의 주의도 듣지 않고 골짜기를 내려다봤다. 절벽 중간 몇 미터 아래, 작은 발코니처럼 튀어나온 지점에 미니밴이 조수석 쪽을 위로 한 채 옆으로 넘어져 있었다. 그 전조등이 맞은편 산비탈을 비추고 있었던 것이다.

추락하는 동안 쓰러뜨린 듯, 나무 몇 그루가 뿌리를 드러내고 있었다. 만약 그 나무들이 충격을 막아주지 않았다면 차는 계곡 바닥까지 곤두박질쳤을지도 모른다.

마루에는 손전등을 꺼내 들었다. 엉덩이로 미끄러지듯 절벽을 내려가 넘어간 차 위로 바로 내려섰다.

"여기 문이 열린다!"

조수석 문을 통해 안으로 몸을 밀어 넣었다.

"이봐요! 정신 차려요!"

운전석에 축 늘어진 남자의 뺨을 가볍게 두드리자, 희미하게나마 반응이 있었다.

"살아 있어."

안전벨트를 풀었지만, 무코야마의 몸은 찌그러진 운전석에 끼여 움직이지 않았다.

"괜찮아요."

그렇게 말하며 마루에는 뒤쪽 트렁크에 시선을 돌렸다. 보스턴백이 한구석에 굴러다니고 있었다.

"에리사와, 뒤쪽을!"

에리사와는 이미 찌그러진 트렁크를 열려고 씨름하고 있었다. 끼익 소리를 내며 트렁크가 열리자, 그는 가방을 끌어내 품에 안은 채 그대로 뒤로 나자빠졌다. 차에서 뛰어내린 마루에가 곧장 그쪽으로 달려갔다.

"……열어볼게."

그녀는 지퍼에 손을 댔다. 손가락이 떨렸다. 제발 착각이길 바랐다. 하지만 지퍼가 드르륵 열리자마자, 슬프도록 달콤한 향기가 흘러나왔다. 그리고 희미한 흙냄새.

먼저 분홍색 스니커즈가 보였다. 가느다란 다리, 가녀린 어깨…… 이윽고 후두부가 드러났다. 마루에는 살짝 머리카락에 손을 댔다. 말라붙은 흙의 감촉. 그래도 여전히 부드러운 여자의 머리카락이었다. 안개 너머로 달빛이 희미하게 온몸을 비추었다. 상상했던 것처럼 기괴하게 꺾인 모습은 아니었다. 접힌 무릎 위에 가만히 손을 올린, 마치 태아 같은 자세를 하고 있었다.

얼굴을 이쪽으로 돌려보았다. 목의 움직임이 조금 뻣뻣하게 느껴졌다. 피부에서 냉기가 느껴졌고, 흙이 잔뜩 묻어 있었다. 하지만.

"봐봐. 얼굴엔 상처가 없어."

"네."

깨끗한 모습일 때 발견할 수 있어서 다행이라고 마루에는 생각했다.

무코야마가 신음하는 소리가 들려오자, 그녀는 강하게 입술을 깨물었다.

"괴롭더라도 그 정도는 참으셔야지!"

마루에는 벌떡 일어섰다.

"서두르자. 구조를 요청해야 해."

휴대전화 전파가 닿는 곳까지 되돌아가야 했다. 시신도 지금은 여기에 둘 수밖에 없었다. 금방 돌아올게. 마루에는 마음속으로 그렇게 속삭였다. 그런데 시모카와는 지금 어쩌고 있을까? 흥, 알 게 뭐람! 그녀는 절벽을 기어 올라갔다. 유턴할 수 있는 지점까지 좁은 산길을 따라 차를 후진했다.

마루에는 달빛을 받은 시신의 모습을 떠올렸다. ……그래, 달이 떠 있었다. 어느샌가 하늘을 덮고 있던 구름이 걷힌 모양이었다.

열린 창문을 통해 차 안으로 불어 들어온 바람이 싣고 온 것은 밤의 정적이 아니라 산의 생물이 내는 생명의 소리였다. 숲이 잠들기엔 아직 너무 이르다.

"……저기, 에리사와."

이윽고 마루에는 입을 열었다.

"당신이 잡은 나비 있잖아. 그 나비, 정말로 향수 냄새에 이끌려서 차 안에 들어간 걸까?"

에리사와는 살짝 놀란 표정으로 마루에를 바라봤다. 그녀의 목소리에 묘하게 밝은 기운이 실려 있었기 때문일지도 모른다. 그는 갑자기 긴장이 풀린 것처럼 온화한 표정을 지었다.

"글쎄요. 어떨까요. 불가능한 건 아니겠지만, 차 문이 열려

**110**

있을 때 우연히 들어간 거라고 생각하는 쪽이 더 자연스럽겠죠.”

“책에서 그런 이야기를 읽은 적이 있어. 많은 나라에서 나비를 죽은 사람의 영혼이라고 여긴다며?”

“네. 유충에서 번데기에 이르기까지, 마치 죽은 듯한 상태를 거쳐 나비라는 아름다운 모습으로 변화하니까요. 그 과정이 죽은 자의 부활이나 환생이라는 신비를 떠올리게 하는 걸지도 모르겠네요.”

“당신이 발견한 나비도 그런 거였다고 생각할 수는 없을까? 갇혀 있다는 걸 알리려고 그녀의 영혼이 나비의 모습으로 바뀌어 당신을 부른 거라고.”

마루에는 그렇게 믿어보기로 했다. 그리고 지금 그녀는 보스턴백 안에서 번데기로 돌아가 조용히 잠들어 있다. 다가올 다음 생을 기다리며.

나나후시의
밤

구라타 에이이치가 바 '나나후시'의 문을 열자, 웃음소리
가 거리로 새어 나왔다. 정면에는 일곱 자리뿐인 카운터가
있고, 그 왼쪽 끝에 호시나 도시유키의 등이 보였다. 그 옆에
서 몸을 좌우로 흔드는 또 다른 등은 처음 보는 사람의 것이
었다.

문 여는 소리가 들렸는지 마스터의 "어서 오세요"라는 인
사보다 먼저 도시유키가 고개를 돌렸다.

"아…… 구라타 씨였군."

확연히 실망이 묻어나는 그 말투에 구라타는 웃음을 터뜨
리고 말았다.

"죄송하네요. 사모님이 아니라서."

"아니, 그런 뜻은 아니고……."

“꽤 오래 기다리셨나 봐요?”

“일이 좀 길어지는 모양이야.”

도시유키는 민망한 듯 이마를 긁었다. 살짝 처진 눈매에 큰 코, 단단해 보이는 턱에 각진 얼굴. 입을 다물고 있으면 날카로워 보이다가도 웃으면 한순간에 부드러워지는, 여러모로 이득 보는 인상이다. 예전에 나이를 물었을 때 마흔여덟이라고 했으니 구라타와는 띠동갑에 가깝지만, 조금도 거들먹거리지 않아서 구라타는 그를 성이 아닌 ‘도시유키 씨’라고 이름으로 불렀다. 중년다운 적당한 풍채는 짙은 감색 양복 덕에 더욱 말끔해 보였다.

“거기 앉지그래?”

도시유키의 권유에 구라타는 처음 보는 남자 옆에 앉았다. 어정쩡하게 고개를 숙이자, 상대도 가볍게 인사로 화답했다.

“병맥주 주세요.”

“알겠습니다.”

금요일 저녁 7시. 외근을 마친 구라타는 곧장 ‘나나후시’로 왔다. 마스터는 키 큰 원통형 잔에 처음엔 과감하게, 이내 섬세하게 맥주를 따랐다. 그 손길을 바라보며 넥타이를 느슨하게 풀자 비로소 주말이 시작된다는 실감이 났다.

“오래 기다리셨습니다.”

가득 찬 잔과 삼 분의 일쯤 남은 병이 카운터에 놓였다.

"구라타 씨, 올리브 좋아하시나요?"

"좋아합니다."

마스터는 고개를 끄덕이며 안쪽 주방으로 들어갔다.

얇은 잔 덕분에 맥주의 차가움이 손끝과 입술에 거의 그대로 전해졌다. 황금빛 액체가 부드러운 거품과 함께 목을 타고 내려가자 상쾌한 홉 향이 콧속 가득 퍼졌다. 단숨에 잔이 거의 비어버렸다. 그러자 옆자리 남자의 손이 재빨리 병으로 향했다. 구라타는 평소 그런 과한 친절을 썩 좋아하지 않았지만, 굳이 거절할 만큼 야박하지도 않았다.

"감사합니다."

그런데 내민 잔에 콸콸 쏟아진 맥주는 거품투성이가 되더니, 끝내 잔 밖으로 넘쳐흘렀다.

"앗! 죄송합니다."

"아…… 괜찮습니다."

구라타는 허둥지둥 잔에 입을 가져다 댔다. 들이마신 거품은 입안에서 한층 더 부풀었다. 남자는 주머니에서 구겨진 손수건을 꺼내 "죄송합니다"를 연발하며 테이블을 닦았다. 그러나 물기는 거의 흡수되지 않았다.

"에리사와라고 합니다."

테이블에 맥주를 펴 바르듯 닦으며 남자는 그렇게 자기를 소개했다. 영 좋지 않은 타이밍이지만, 이름을 들은 이상 구라타도 그냥 넘어갈 수 없었다.

"구라타입니다."

"처음부터 이런 실수를 했지만, 잘 부탁드립니다."

"저기, 도시유키 씨…… 아니, 호시나 씨와는 아시는 사이입니까?"

"아니요. 방금 여기서 처음 만났습니다."

도시유키는 허둥대는 두 사람을 재미있다는 듯 곁눈질로 바라보고 있었다.

남자가 손수건을 어째야 하는지 고민하는 사이, 마스터가 돌아왔다. 축축해진 테이블을 보고는 행주로 쓱 닦아낸 후 작은 올리브 그릇을 구라타 앞에 내려놓았다. 옆자리의 남자 앞에는 제법 큰 접시가 놓였다.

"오래 기다리셨습니다. 버섯 크림 파스타입니다."

"와아!"

침울하던 남자의 얼굴이 순식간에 환해졌다. 몹시 감격한 듯했지만, 겉보기엔 딱히 특별할 것 없는 파스타였다. 그런데 이런 메뉴가 있었던가. 궁금해서 묻자 마스터는 잔을 닦으며 답했다.

"메뉴에는 없답니다."

"제가 특별히 부탁드렸거든요."

파스타를 앞에 두고 남자가 즐거운 듯 덧붙였다.

"이리사와 씨가요?"

"아, 이리사와가 아니고 에리사와입니다."

그는 포크로 새송이버섯을 집으며 구라타에게 씩 웃어 보였다.

"아, 죄송합니다. 그게, 에리사와 씨는 이 가게에⋯⋯."

"오늘 처음 왔어요."

"처음 와서 메뉴에도 없는 걸 주문하셨다고요?"

구라타의 말투에 살짝 가시가 묻어나자, 도시유키가 슬쩍 거들었다.

"산에서 버섯을 따서 오는 길이래."

"하하, 정말 놀랄 만큼 많이 땄거든요!"

정작 당사자는 말투에 섞인 작은 가시 따윈 전혀 신경도 안 쓰는 눈치였다.

"그런 주제에 '저는 요리를 못 해서 어째야 할지 모르겠어요'라고 하기에, 마스터한테 부탁해서 요리해달라고 한 거지."

"그런 거였군요."

도시유키는 원래 붙임성 있는 성격이고, 에리사와도 낯을 가리는 사람은 아닌 듯했다. 금세 버섯 이야기로 말을 트고, 나란히 술잔을 기울이는 사이가 된 모양이었다.

"직접 딴 버섯이 들어갔다고 생각하니 이거 참 맛이 각별하네요!"

에리사와는 환하게 웃으며 포크를 돌려 접시 위에 실타래 같은 면 뭉치를 만들었다. 구라타는 올리브의 짭조름함을 안주 삼아 반쯤 김이 빠진 맥주를 들이켰다.

"이 새송이버섯의 쫄깃한 식감이란! 버섯이든 뭐든 신선할 때가 제일 맛있…… 응?"

분주하던 에리사와의 손과 입이 동시에 멈췄다. 얼굴을 접시에 바짝 들이대더니 그 속을 뚫어져라 바라보았다. 그 모습을 본 도시유키가 물었다.

"왜 그래? 머리카락이라도 들어 있나?"

"그럴 리가요. 머리카락 같은 건 한 올도 없습니다. 들어 있는 건 베이컨하고 양파, 그리고 새송이버섯뿐이에요."

"그럼 뭐가 문제인데?"

"……저기, 마스터."

"예."

"제가 새송이버섯을 따왔던가요?"

"……사실은 손님, 말씀드리기 죄송하지만 아까 주신 버섯은 파스타에 쓰지 않았습니다."

"네?"

"왠지 불길한 느낌에 혹시나 싶어 도감을 찾아봤더니 전부 독버섯이더군요.”

“네엣?”

“바로 말씀드려야 했습니다만, 그렇게 기뻐하시는 얼굴을 보니 차마…….”

에리사와는 죽은 물고기처럼 입만 뻐끔거렸다. 만약 집에 가져가 먹었다면 죽은 물고기라는 표현이 단순한 비유로 끝나지 않았을지 모른다. 도시유키가 껄껄 웃으며 에리사와의 어깨를 두드렸다.

“이야, 운이 좋았네! 여기 안 들렀으면 큰일 날 뻔했잖아. 버섯 채집은 처음이었나?”

“실은 그렇습니다. 원래 목적은 곤충이었거든요.”

“곤충?”

“네. 어떤 곤충을 찾으러 갔었어요. 그렇게 숲속을 걷다가 우연히 만난 할아버지가 ‘이건 먹을 수 있는 버섯이다’라고 가르쳐줬죠.”

“어이쿠, 그 할아버지는 지금 괜찮으려나? 하하하. 아이고, 거참. 웃다 보니 덥네. 마스터, 시원한 맥주 하나! 이 행운의 사나이에게도 내가 한잔 사지……. 응? 칼루아 밀크가 좋다고? 곤충도 아니고, 그런 달콤한 건 그만두라고.”

도시유키는 구라타와 마스터에게도 한 잔씩 술을 권했다. 건배할 때 에리사와는 멋쩍은 듯 머리를 긁적였다. 서른 중

반쯤 되어 보이는 이 동년배의 남자를 구라타는 금세 미워할 수 없게 되었다.

"그 숲이란 게, 어디쯤 있는 건가요?"

"지하야 정수장 뒷산이에요. 여기서 강을 따라 남쪽으로 내려가면 나오는 산요."

갈 땐 전철역에서 버스를 탔지만 돌아올 땐 걸어서 왔다고 한다.

"그 먼 데서요?"

"5킬로미터는 될 텐데?"

"가볍게 생각했어요. 그러다 결국 역에 도착하기도 전에 지쳐서……."

"하하. 그래서 여기 들어온 거군."

가게에서 역까지 아직 2킬로미터는 족히 남아 있다.

"둑 위에서 거리의 네온사인이 보이기에 불빛에 이끌린 곤충처럼……. 절약하려고 걸었다가 오히려 돈을 더 쓰게 됐네요."

"무슨 소리야. 병원비가 안 든 걸 생각하면 이 정도 술값은 싸지."

"정말 그렇네요."

도시의 변두리, 동쪽의 큰 강과 서쪽의 운하에 가로막혀 주택가에서도 번화가에서도 동떨어진 곳. 그곳에 바 '나나후시'가 있었다. 주택가로 이어지는 큰 다리 기슭에서 북쪽으로 뻗은 뒷골목에는 '나나후시' 외에도 식당, 술집, 심야 카페 몇 곳이 간판을 내걸고 있었다. 그중 가장 큰 가게는 북쪽 T자길 끝에 있는 모텔이었다. 이름은 '리버사이드'인데, 그 이름에 걸맞지 않게 돌고래 모양 네온사인이 입구에서 손님을 맞이하고 있었다. 하얀 벽은 알록달록한 조명으로 물들고, 해가 지면 거리는 퇴폐적이면서도 어딘가 동화 같은 분위기에 잠기곤 했다.

"근데 왜 이 가게를 고른 거지? 딱히 술을 잘 마시는 것 같지도 않은데."

"그야 물론 가게 이름 때문이죠."

에리사와는 가슴을 펴고 대답했지만, 질문한 도시유키는 이해가 되지 않는 표정으로 팔짱을 꼈다.

"그건…… 무슨 뜻이지?"

"오늘 숲에서 찾던 곤충이 바로 대벌레였거든요."(대벌레의 일본어 발음은 '나나후시'다―옮긴이)

"……마스터, 이 '나나후시'가 곤충 이름이었나?"

"모르셨습니까?"

"그런 곤충, 난 몰라."

구라타는 대벌레라는 곤충이 있다는 건 알았지만, 그것을 가게 이름과 연결해 생각한 적은 없었다.

"보신 적 없으세요? 몸통과 다리가 유난히 길고, 나뭇가지에 매달려 있으면 도저히 구분이 안 되는……."

에리사와가 설명을 이어가자, 곧 도시유키가 손뼉을 치며 말했다.

"아, 사진으로 본 적 있어! 가느다란 대나무 막대기 같은 곤충이지?"

"바로 그겁니다. 대벌레는 한자로 죽절충竹節蟲이라고도 쓰거든요. 놈들은 나무의 일부로 의태해서 포식자의 눈을 피합니다. 이른바 은폐형 의태…… 카모플라주라고도 부르죠. 더 놀라운 건, 대벌레는 나무 위에서 알을 떨어뜨려 낳는데 그 알조차 식물의 씨앗으로 의태한다는 점이에요!"

에리사와가 흥분한 듯 거친 숨을 내쉬자 눈앞의 잔에 잠시 하얗게 김이 서렸다. 그대로 두면 밤새 곤충 이야기만 떠들 기세라 틈을 노려 구라타가 화제를 돌렸다.

"마스터, 왜 그런 괴상한 곤충을 가게 이름으로 붙이신 거예요?"

마스터는 잔잔히 미소 지으며 답했다.

"'횃대'라는 말이 있지요. 새가 잠시 앉아 쉬는 막대를 뜻하는."

"아, 바로 이런 곳 말인가요? 바의 카운터."

구라타가 손가락으로 테이블을 두드리며 맞장구치자, 도

시유키가 고개를 저으며 덧붙였다.

"정확히 말하면, 이런 바 의자 같은 걸 두고 하는 표현이겠지."

마스터는 두 사람 모두에게 미소를 보이며 고개를 끄덕였다.

"그렇습니다. 다만 저에게 '횃대'라는 단어는 새장 안에 가로질러 놓인 한 줄기의 막대를 떠오르게 합니다. 카운터가 새장의 횃대라면, 가게는 곧 새장이겠죠. 손님들은 회사든, 가족이든 어떤 조직…… 크게 보면 사회라는 울타리 안에서 살아가고 있습니다. 잠시나마 그곳을 벗어나 마음을 달래러 찾아온 이곳마저 새장 안이라면, 그건 너무 가혹하지 않겠습니까. 저는 가게 이름을 '나나후시'라 지음으로써 이 횃대를 숲속의 한 그루 나무에 비유하고 싶었던 겁니다."

술을 마신 탓인지 마스터는 평소보다 조금 수다스러웠다. 구라타는 그 이야기에 완전히 마음이 움직였다. 가만히 눈을 감고 맥주를 한 모금 삼키자 상쾌한 향기가 더해져 마음속에 숲의 풍경이 펼쳐졌다. 대벌레는 의태를 통해 몸을 숨기고 휴식한다. 자신들은 사회에서의 의태를 벗어던짐으로써 잠깐의 안식을 얻는다……. 묘한 기분이 들었다.

왼쪽을 보니 에리사와는 입을 반쯤 벌리고 천장을 올려다보고 있었다. 낮에 보았던 나뭇잎 사이 햇살을 떠올리는 걸까. 그 너머에 앉은 도시유키 역시 감상에 잠긴 듯 잔을 응시하다가 문득 자조 섞인 미소를 지으며 말했다.

"그렇군. '나나후시'라는 이름은 이 횃대에 모여든 우리를 말하는 거였어."

그렇게 말한 후, 그는 맥주를 비우고 침묵에 잠겼다.

"에리사와 씨 덕분에 좋은 이야기를 들었네요. 대벌레에도 흥미가 생겼습니다."

구라타의 말에 에리사와는 기쁜 표정을 지었다.

"대벌레 같은 묘한 곤충을 보면 진화에는 역시 무언가 의지가 작용한다는 생각이 듭니다. 가지가 되고 싶다는 강한 소망이 없었다면 그런 모습에 도달할 수 없었겠죠. 저는 언젠가 대벌레가 진짜 나무가 되어버릴지도 모른다고 생각합니다."

기분이 좋은지 얼토당토않은 이야기까지 늘어놓은 에리사와가 오른손으로 잔을 높이 들었다.

"자, 다시 한번 건배하시죠!"

"건배라니, 무엇을 위해서?"

"물론 우리 '인간 대벌레과科'를 위해서죠."


건배를 마친 순간, 등 뒤에서 문이 열렸다. 카운터의 세 사람은 동시에 고개를 돌렸다.

"어서 오세요. 남편분이 꽤 오래 기다리셨습니다."

마스터가 농담조로 말하자, 여자가 어깨에 맺힌 빗방울을 털며 미소 지었다. 닫히는 문틈 너머로 가느다란 빗줄기가 보였다. 비는 붉고 푸른 빛을 머금고 있었다. '리버사이드'의 흰 벽을 밝히는 네온사인이 때때로 방향을 바꾸며 투광기처럼 거리를 향해 빛을 쏘아 올리기 때문이다.

"호시나 유이 씨. 도시유키 씨의 아내분입니다."

그녀를 가만히 바라보던 에리사와에게 구라타가 귀띔했다. 에리사와는 "호오" 하고 고개를 끄덕였다.

유이는 마흔 언저리쯤으로 보이는, 자그마한 체구에 동그란 얼굴의 미인이었다. 화장은 옅었고 입술만 연분홍빛으로 빛났다. 크고 까만 눈동자에는 순수함이 감돌았지만, 구라타는 언제나 그녀의 눈 아래 깊게 드리운 그늘을 안타깝게 여겼다.

문가에 서 있던 유이는 카운터 왼쪽 끝의 도시유키를 향해 조심스레 시선을 보냈다. 그는 잔을 들고 일어나 오른쪽에서 두 번째 자리로 옮겨 앉았다. 그녀는 안도한 듯 오른쪽 끝, 벽 쪽 자리에 앉았다.

"두 분은 늘 같이 오시나요?"

이번에는 에리사와가 구라타에게 속삭였다.

"네. 퇴근 후에 여기에서 만나는 모양이에요."

"사이가 좋은가 보네요."

"늘 그런 건 아니지만요."

"오호."

"아내분의 기분에 기복이 있거든요……. 아무래도 도시유키 씨에게는 이곳이 꼭 안식처만은 아닐 때도 있는 것 같아요."

부부가 가게에 드나들기 시작한 건 반년 전쯤부터였다. 한 달에 한두 번, 주로 금요일 밤에 들러 간단히 식사하며 술을 마셨다. 두 사람 모두 과음하는 법은 없었다. 처음 가게에 왔던 날, 도시유키는 마시고 남은 위스키병을 보관해달라고 부탁하며 큼지막하게 병에 '호시나 도시유키·유이'라고 이름을 적었다. 그 덕분에 구라타는 부부의 이름을 알게 되었다. 그때 유이가 부끄러워하던 표정도 기억에 남아 있었다.

그런 생각을 하던 사이, 에리사와가 비어 있던 왼쪽 끝자리로 옮겨 갔다.

"구석이 편해서요. 구라타 씨도 이쪽으로 오시죠."

굳이 그럴 필요는 없었지만, 권하는 바람에 구라타도 한 칸 옆으로 옮겨 앉았다. 일곱 자리뿐인 카운터의 왼쪽 끝에 에리사와와 구라타가, 오른쪽에 유이와 도시유키가 앉는 모양새가 되었다.


이후에도 에리사와는 대벌레 이야기를 이어갔다. 그의 말에 따르면, 대벌레에는 갈색과 녹색 두 종류가 있는데, 녹색 대벌레는 나뭇가지나 줄기로 위장하기엔 어울리지 않아 잎이나 풀숲에 숨어 지낸다고 했다.

"보호색은 의태에 정말 중요합니다."

에리사와가 그렇게 말했을 때, 멀찍이 앉아 있던 도시유키의 목소리가 날아왔다.

"나는 나뭇가지 위에 녹색 대벌레가 앉아 있어도 눈치채지 못할지도 모르겠어."

구라타는 순간 수수께끼라도 던진 줄 알았지만, 그렇지 않았다. 도시유키가 곧바로 자신이 색각 이상이라고 밝혔기 때문이다.

"예전에는 색맹이나 색약이라고 불렀지."

"그럼 도시유키 씨는 색을 전혀 구분하지 못하는 건가요?"

"전혀 못 하는 건 아니야. 조금 어려운 이야기지만, 사람 망막에는 색을 느끼는 세 종류의 시각 세포가 있어. 나는 그중 긴 파장의 빛, 쉽게 말하면 붉은빛에 강하게 반응하는 세포에 문제가 있지."

"그럼 빨간색을 못 알아보는 거예요?"

"못 알아본다기보다는, 내게 빨간색은 아주 어둡게 보여. 검은색이랑 별 차이 없는 색으로 말이야. 분홍은 회색하고 구분하기 힘들고 말이지. 이런 유형의 색각 이상은 빨간색

뿐 아니라 녹색 구분도 어렵지. 그래서 갈색이나 적갈색이랑 헷갈리기도 해. 물론 사람마다 정도가 다르니까, 어디까지나 내 경우를 말하는 거지만.”

“아…… 그래서 나뭇가지 위에 녹색 대벌레가 있어도 못 알아보실 거라고 하신 거군요.”

“그렇다고 생활에 큰 지장이 있는 건 아니에요. 운전면허도 있고요.”

조용히 듣고 있던 유이가 대화에 끼어들었다. 남편을 감싸는 듯한 말투였다.

“평소에는 이이의 색각에 문제가 있다는 걸 전혀 의식하지 못해요. 방금까지도 잊고 있었을 정도니까요.”

도시유키는 밝기와 명암 정보에 지식과 경험을 더하면 충분히 보완할 수 있다고 덧붙였다.

“예를 들면, 저기 걸려 있는 꽃 말이야.”

도시유키가 카운터 안쪽 벽을 가리켰다. 마끈으로 묶은 꽃 몇 송이가 벽의 고리에 거꾸로 매달려 있었다. 아직 말리는 중이라 그런지 색이 선명하게 남아 있었다.

“마스터, 저 꽃은 진한 분홍빛이죠?”

“그렇습니다.”

“나는 분홍이라는 색을 알아볼 수 없지만, 내게도 나름의 분홍색은 있어. 회색이랑 헷갈리긴 하지만 회색 꽃이라는 건

들어본 적이 없으니까."

"그렇군요."

구라타는 감탄하면서도, 자신이 색각의 다양성을 오해하고 있었다는 걸 깨달았다.

"그런데 요즘도 학교에서 검사하나요?"

"아마 예전처럼 일괄 검사는 안 할 거야. 요즘은 기생충 검사도 안 하잖아."

'기생충'이란 말에 반응한 건 당연히 에리사와였다.

"대벌레를 잡으면요, 대야에 물을 받아 거기에 벌레 엉덩이를 담가보세요. 운이 좋으면, 철사처럼 생긴 놈이 이렇게 꿈틀꿈틀……."

에리사와는 몸부림치는 대벌레를 흉내 내듯 두 팔을 허공에 휘저었지만, 곧 "아……" 하고 한숨 같은 소리를 내뱉으며 그대로 카운터에 털썩 엎어졌다. 구라타는 '실감 나는 연기네요' 하고 칭찬하려 했지만, 그는 좀처럼 고개를 들지 않았다. 믿기 어렵지만, 갑자기 술이 올라 그대로 곯아떨어진 모양이었다.

마치 몸과 카운터가 한 덩어리가 된 듯 카운터에 착 들러붙은 에리사와를 보고 마스터가 말했다.

"말 그대로 '인간 대벌레'군요."

약 15분쯤 지나 에리사와가 코를 골기 시작했을 무렵, 유이가 도시유키를 나무라는 목소리가 들렸다. 구라타는 오른쪽 귀에 온 신경을 기울였다. 그녀는 주말 계획에 대한 불만을 토로하는 듯했다.

"가끔은 나랑 보내는 시간을 우선하면 안 돼?"

"일 같은 거라고 몇 번이고 말했잖아."

두 사람 모두 목소리를 낮추려 애썼지만, 간헐적으로 목소리가 커졌다. 이런 말다툼은 예전에도 여러 번 있었다. 구라타는 오늘따라 유이의 눈 밑 그늘이 유난히 짙었다는 걸 떠올렸다. 그럴 때마다 그녀의 기분이라는 저울도 불안정해지곤 했다.

유이의 불만에 도시유키는 늘 그랬듯, 물을 탄 위스키를 마시며 변명으로 일관했다. 이를 받아들이지 못한 그녀가 다시 공격을 이어가려는 순간, 잠들어 있던 에리사와가 느닷없이 벌떡 일어나더니 스툴에서 내려왔다. 싸움이라도 말리려는 건가 했지만, 그냥 오른편 뒤쪽의 화장실에 가려는 것뿐이었다. 다만 걸음이 휘청인 탓에 화장실까지 곧장 직선으로 가지 못하고 호를 그리다 도시유키의 등에 부딪히고 말았다. 도시유키가 마시려던 물 탄 위스키가 쏟아졌다.

"앗!"

에리사와는 그렇게 소리쳤지만, 멈춰 설 여유는 없었는지

"아아……" 하고 처량한 소리를 흘리며 화장실 안으로 사라졌다. 몇 분 뒤에 나온 그는, 유이가 손수건으로 도시유키의 양복을 닦아주는 걸 보고 느슨하던 얼굴을 잔뜩 굳혔다.

"저, 저기 괜찮으세요?"

"신경 안 써도 돼. 에리사와 씨야말로 괜찮았나?"

"간신히 살았습니다."

"그럼 됐어."

도시유키가 웃자 유이가 덧붙였다.

"저…… 이거 쓰세요."

유이는 에리사와에게 도시유키의 양복을 닦던 것과는 다른 손수건을 하나 내밀었다.

"네?"

"그거…… 흠뻑 젖어 있는데요?"

보니 에리사와는 아까 맥주를 닦은 손수건으로 계속 손을 닦고 있었다. 술에 취해도 얼굴색 하나 변하지 않던 그의 얼굴이 순간 귀밑까지 붉어졌다.

"……꼭 세탁해서 돌려드리겠습니다."

"그냥 가지세요. 싼 거니까요……. 어라?"

유이의 시선은 다시 도시유키의 양복으로 돌아가 있었다.

"거기, 옷에……."

그녀가 중얼거리자 에리사와가 호들갑을 떨었다.

"그, 그렇게 좋은 양복에 얼룩이라도 생긴 건가요? 그거 큰일이네요."

"아, 그게 아니에요. 남편 양복 상의 단추가 떨어질 것 같아서."

"……아, 그러네요. 단추 하나가……."

"벗어. 다시 달아줄게."

"응? 괜찮은데."

"금방 끝나니까!"

"화내지 마."

도시유키는 얼굴을 찌푸리며 양복 상의를 벗어 유이에게 건넸다. 그녀는 핸드백에서 휴대용 반짇고리를 꺼내 테이블에 올려놓았다. 구라타는 무심히 그 광경을 바라봤다. 검은색, 흰색, 빨간색, 노란색……. 세트 안에는 여러 색의 실과 가위, 핀셋, 이름 모를 작은 도구들, 바늘 묶음이 들어 있었다. 유이는 작은 가위로 헐거워진 실을 잘라냈다.

술잔이 엎질러진 덕에 부부싸움이 흐지부지 끝났나……. 구라타는 남의 일이지만 안도하며 시선을 거두었다.

"좋은 일 하셨네요."

자리로 돌아온 에리사와에게 말을 걸었지만, 그는 "무슨 말씀이신지?" 하며 고개만 갸웃거렸다.

"자, 다 됐어."

5분도 채 안 되어 유이가 말했다. 그것을 계기로 두 사람은 '슬슬 일어날까?' 하는 분위기가 되었다. 시계를 보니 8시 반이었다. 두 사람은 결코 오래 머물지 않는다. 도시유키는 양복을 꿰어 입고 안주머니에서 지갑을 꺼냈다. 계산을 마친 부부를 에리사와가 문까지 배웅했다.

"아까는 죄송했습니다. 양복, 정말 괜찮으세요? 그런데 옷이 참 훌륭하군요……."

에리사와는 아부하듯 원단을 만지거나 먼지를 털어내며 말을 이어갔다. 꼭 아랫사람이나 비서 같은 모습이었다. 한참 고개를 조아리고 돌아온 그는 어쩐 일인지 멍한 표정을 짓고 있었다.

"왜 그래요? 넋이 나간 얼굴을 하고."

"……제가 좀 과음했나 봅니다."

"그런 것 같군요."

"저도 이제 검은색하고 빨간색이 구분이 안 되네요."

알 수 없는 말을 중얼거리며 눈을 비빈 그는 이내 다시 꾸벅꾸벅 졸기 시작했다.


다음 날, 토요일 아침. 구라타는 둔탁하게 욱신거리는 숙취와 뒤통수에 차갑게 꽂히는 아내의 시선을 느끼며 식욕이 돌 때까지 계란프라이만 멍하니 바라보았다. 그때 텔레비전에서 '호시나 도시유키'라는 이름이 흘러나왔다. 구라타는 머릿속으로 그 이름을 되뇌다가, 깜짝 놀라 고개를 들었다.

오늘 새벽, 소방서에 한 여자가 "남편이 피를 흘리며 쓰러져 있다"라고 신고했다. 출동한 구급대가 거실 바닥에 엎드린 채 쓰러진 남자를 발견했다. 등에는 날붙이에 찔린 듯한 상처가 있었고, 병원으로 이송된 뒤 사망이 확인됐다. ……그런 뉴스가 이어지는 동안 화면에는 단독주택 외관이 비쳤다.

"……피해자는 이 집에 살던 회사원, 48세의 호시나 도시유키 씨로, 경찰은 살인사건일 가능성이 높다고 보고 신고자인 아내에게 자세한 사정을 확인할 예정입니다. 현장은 니시 구의 조용한 주택가로……."

이어진 화면에는 호시나 도시유키의 사진이 나왔다. 어디선가 찍힌 스냅사진을 확대한 모습이었지만, 어젯밤 '나나후시'에서 함께 술을 마신 바로 그 얼굴이 틀림없었다. 니시 구라면 가게와는 시내 중심을 사이에 두고 정반대 쪽이다. 직장이 가게 근처였던 걸까……. 구라타는 멍하니 그런 생각을 했다.

화면은 다른 뉴스로 넘어갔다. 이 지역에서 야생 버섯에 의한 식중독이 잇따르고 있어 보건소가 주의를 당부한다는 소식이었다. 구라타는 채널을 연달아 돌렸다.

"여보, 왜 그래?"

"아무것도 아냐!"

시계를 보니 이미 10시가 넘었다. 구라타는 거래처 고객에게 급한 전화가 온 척 둘러대고 집을 나와 막 문을 연 카페에 들어섰다. 사건도 신경 쓰였지만, 그보다 아내의 시선이 불편했다. 이대로 집에서 꾸물거리다간 쇼핑을 따라가야 할 게 뻔했다. 지금은 도저히 그럴 기분이 아니었다.

커피를 홀짝이며 스마트폰으로 뉴스를 검색하다 보니 정오 무렵에는 여러 기사가 쏟아졌다. 내용을 추려보니 시신이 발견된 당시 상황이 좀 더 선명해졌다.

새벽 2시 15분, 구급대가 도착했을 때 현관문은 안에서 잠겨 있었다. 거실 불은 켜져 있었지만, 불러도 아무도 응답하지 않았다. 거실 커튼 사이로 쓰러진 도시유키의 모습이 보여 부득이하게 창문을 깨고 들어갔다. 그는 이미 의식이 없었고, 옆에는 부엌칼을 든 여자가 주저앉아 있었다. 도시유키의 아내로, 신고자 역시 그녀였다. 아내는 착란상태여서 현재 시내 병원에 입원해 치료를 받고 있다는 내용이었다.

구라타는 집에 돌아갈 마음이 들지 않아 카페를 몇 군데나 옮겨 다녔다. 저녁 무렵, 지역 내 최대 발행 부수를 자랑하는 지방지가 '아내를 살인 혐의로 체포?'라는 제목의 기사를 내보냈다. 수사 관계자에 따르면 의사의 허락 하에 그녀를 조사 중이며, 혐의가 굳어지는 대로 체포할 방침이라는 것이다.

체포에 관한 소식이 퍼졌는지, 한 뉴스 사이트에 올라온 인근 주민 인터뷰에는 다소 구체적인 내용이 담겨 있었다.

"……아, 네. 아르바이트 끝나고 돌아오는 길이었어요. 새벽 1시가 좀 넘었을까요, 여자분이 고함치는 소리가 들리더군요. ……요즘에는 거의 없었는데, 1년쯤 전에는 가끔 다투는 소리가 들리곤 했습니다. 그 무렵 부인이 병원에 다닌다는 이야기가 있어서 은근히 걱정하기도 했었는데……."

음성 변조된 남성의 목소리를 들으며, 구라타는 유이의 눈 밑에 짙게 드리워진 그늘을 떠올렸다.


저녁 7시, 구라타는 '나나후시'의 문을 열었다. 거래처 접대가 있다고 거짓말하고 결국 집에는 돌아가지 않은 채였다.

카운터 왼쪽 끝에는 이미 손님이 앉아 있었다. 놀랍게도 에리사와였다. 더 놀라운 건, 그가 벌써 카운터에 엎드려 잠들어 있다는 사실이었다. 구라타는 옆자리에 앉아 맥주를 주문했다.

"이 사람, 벌써 그렇게 많이 마셨나요?"

"아뇨. 칼루아 밀크 한 잔뿐입니다. 오늘도 아침 일찍 곤충을 잡으러 갔다더군요. 그리고 오늘도 버섯을 선물로 가져오셨죠."

"그건 괜찮은 건가요?"

"괜찮을 겁니다. 직판장에서 샀다니까요."

구라타는 맥주를 들이켰다.

"마스터, 어제 일…… 도시유키 씨 소식 들으셨죠?"

마스터는 말없이 고개를 끄덕였다.

"유이 씨, 곧 체포될 것 같습니다."

"석간엔 그런 기사가 없던데요."

"방금 인터넷 뉴스에 떴습니다."

"외부인의 범행 가능성은 역시 없는 건가요."

분명 유이는 그저 흉기로 쓰인 부엌칼을 집어 들고 멍하니 앉아 있었을 뿐이라고 해석할 수도 있다. 하지만 그것은 현관이나 창문이 잠겨 있지 않았을 때만 가능한 이야기다. 상처가 등에 있다는 만큼 자살이나 사고사로 생각하기도 어려웠다.

"그러고 보니 하나 더 걸리는 게 있더군요. 유이 씨, 예전에 병원에 다녔다는 이야기가 있었습니다. 1년쯤 전, 이 가게에 드나들기 시작하기 전이죠."

"어떤 병이었답니까?"

"정확히 나오진 않았습니다만, 정신적인 문제라는 뉘앙스였습니다."

"그렇습니까."

“실제로도 정서가 불안정해 보이는 때가 있었죠.”

“저는 오히려 다투는 모습조차 사이좋아 보인다고 느꼈습니다만.”

“어젯밤엔 도시유키 씨가 늘 바쁘다고, 가끔은 자신을 먼저 생각해달라고, 꽤 노골적으로 말하더군요. 도시유키 씨는 일 때문에 어쩔 수 없다고만 했고요.”

“마지막엔 잘 화해한 것처럼 보였는데요.”

“네. 에리사와 씨가 들이받아서 술잔이 엎질러지는 바람에 싸움은 거기서 끊겼어요. 하지만 몇 시간 뒤 다시 불이 붙었을 수도 있죠.”

“젊은 연인도 아닌데 휴일 근무 문제로 그 정도까지 틀어질까요.”

구라타도 그 점을 곱씹어보았다. 그리고 하나의 결론에 닿았다.

“만약 그게 진짜 ‘일’이 아니었다면요?”

“…….”

“남자가 갑자기 바빠질 때, 그 이면엔 다른 여자가 있을 때가 드물지 않죠. 그렇지 않습니까?”

구라타는 자신의 추리를 마스터에게 털어놓았다.

“유이 씨는 남편의 외도를 의심했을 겁니다. 어쩌면 예전에 실제로 그런 일이 있었는지도 모르죠. 그녀가 정신적으로 무너져 병원에 다니게 된 것도 그 때문일 수 있고요. 주말마다 '일'을 핑계로 나서는 남편에게 예민해진 것도 같은 맥락일 테고요. 마음의 균형이 무너졌다가 치료로 조금 회복된 뒤, 도시유키 씨는 함께 보내는 시간을 늘려야 한다고 생각했겠죠. 그중 하나가 '나나후시'에서의 시간이었을 겁니다. 아니, 아마 유이 씨의 희망이었겠죠. 결혼 생활이 길어질수록 남편이 아내에게 데이트 신청을 한다는 발상 자체가 옅어지니까요."

"실감이 묻어나는 말씀을 하시는군요."

마스터의 말에 구라타는 쓴웃음을 지었다.

"두 사람의 집은 여기서 꽤 멉니다. 직장이 가까워서일 수도 있지만, 집에서 최대한 떨어진 곳을 고른 걸지도 모르죠. 술은 조금만 마셔도 기분에 영향을 주니까요. 집 근처나 역 주변 같은 중심가라면 누가 보고 들을지 알 수 없었을 겁니다. 아내의 통원이 이미 소문이 난 만큼, 그걸 의식해 일부러 외진 곳을 택했을 수도 있어요. 아, 물론 가게를 홍보하는 건 아닙니다."

"괘념치 마십시오."

"도시유키 씨는 그렇게 해서라도 유이 씨의 마음을 달래려 애쓴 겁니다. 하지만 그는 정작 가장 중요한 노력을 하지 못했죠. 즉, 외도를 끊지 못한 겁니다."

"……확인차 묻습니다만, 전부 구라타 씨의 추측이죠?"

"하지만 모순은 없지 않습니까? 어젯밤 부부싸움은 분명 한 차례 수그러들었죠. 다만 그건 단순한 해프닝 탓에 유이 씨가 감정을 눌러둔 것에 지나지 않았습니다. 평소라면 그 녀는 기분이 진정될 때까지 도시유키 씨에게 마음을 쏟아냈 을 텐데, 어제는 그게 중단됐던 겁니다. 표출되지 못한 감정 은 사라지지 않고 오히려 압력이 커져갔습니다. 그리고 밤늦 게, 어떤 계기로 억눌린 격정이 둑이 터진듯 쏟아져나온 겁 니다……."

구라타는 자기 입에서 나온 말에 스스로 숨을 죽였다. 잔 을 들었다 놓기를 몇 번이나 반복했지만, 매번 입에 대지 못 하고 도로 테이블에 내려놓았다.

옆자리를 보니, 지난밤처럼 남자는 카운터에 엎드려 있어 얼굴은 보이지 않았다. 다만 등이 크게 오르내리는 걸로 보 아 살아 있음을 알 수 있었다.

"여기도 곧 경찰이 찾아올지 모르겠군요."

마스터가 불쑥 입을 열었다.

"무슨 말씀입니까?"

"이곳은 부부가 사건 전에 들른 곳이니까요. 유이 씨가 조 사를 받으며 어젯밤 일을 이야기하면, 확인차 형사가 여기로 찾아오지 않을까요?"

"저는 상관없습니다. 오히려 형사를 만나면 유이 씨 상태를 물어볼 겁니다."

"그럼 편히 계셔도 되겠네요."

"마스터, 한잔 어떠십니까? 제가 사겠습니다."

구라타의 제안에 마스터가 끄덕였다.

"잠시만 기다려주시겠습니까."

그렇게 말한 마스터는 카운터를 비우고 안쪽으로 사라졌다. 잠시 후, 간판 네온사인 불이 꺼진 걸 보고야 이유를 알았다. 마스터가 다시 돌아와서는 샷 글라스 세 개에 버번위스키를 따랐다.

"이건 제가 드리는 겁니다."

"그럼 슬슬 이 사람을 깨워야겠군요."

구라타가 어깨를 흔들자, 에리사와는 비몽사몽인 눈으로 두리번거리다 이내 외쳤다.

"대벌레다!"

"맞아요. 여기는 '나나후시'예요."

"아니, 그게 아니라, 저기 매달려 있…… 아, 아니네. 곤충이 아니라…… 꽃이군요."

그의 손가락 끝에는 벽에 걸린 드라이플라워가 있었다. 그러고 보니 도시유키도 어젯밤에 저 꽃을 가리켰었다.

"어라, 이건 뭔가요?"

“칼루아 리큐어에 물을 탄 겁니다. 마스터가 서비스로 준 거예요.”

구라타의 말에 에리사와는 조금도 의심하지 않았다. 막 잠에서 깬 터라 코도 무뎌진 모양이었다.

“호시나 도시유키 씨를 위해.”

구라타의 목소리에 세 사람은 동시에 잔을 들이켰다. 거친 버번의 맛이 이 밤과 묘하게 어울렸다. 에리사와는 거세게 기침했다.

“죄송합니다. 거짓말이었습니다.”

그의 등을 두드려주던 구라타는 문득 선반 위에서 시선을 멈췄다. 도시유키와 유이의 이름이 적힌 병 옆에 ‘鮫沢’라고 낯선 서명이 적힌 병이 놓여 있었다. 칼루아 리큐어였다.

“저 병…… 에리사와 씨 겁니까?”

“콜록, 네, 맞습니다. 콜록.”

“에리사와라는 게 저렇게 쓰는 거였나요.”

“문자메시지를 보낼 때면 상용한자가 아니다 보니 상대 휴대전화에서 글자가 깨져서 물음표로 표시될 때가 많습니다. 그래서 아는 사람들은 절 ‘물음표 사와’라고 놀리곤 하죠.”

정말이지 하잘것없는 이야기였다.

“에리사와 씨도 뉴스를 보고 온 겁니까?”

“예, 뭐, 그렇습니다.”

하룻밤 스친 사이인데도 의리를 느낀 건지, 아니면 그저 구경꾼 심리인지.

“마스터, 물 한 잔 주시겠어요?”

그러나 에리사와는 물을 받아서 마시려다가 곧바로 테이블에 엎질렀다. “아이쿠” 하며 가방에서 손수건을 꺼냈다.

하지만 곧 “앗, 착각했네” 하고 중얼거리며 손수건을 도로 집어넣고, 이번엔 바지주머니에서 다른 손수건을 꺼냈다. 구라타는 두 장 모두 기억하고 있었다.

“가방 속 손수건은 어젯밤 유이 씨한테 빌린 거 맞죠?”

“네. 오늘이라면 돌려드릴 수 있지 않을까 해서요.”

에리사와는 도무지 이해하기 어려운 말을 했다.

“잠깐만요……. 사건 뉴스를 보신 거 맞죠?”

“네.”

“유이 씨는 여기에 올 수 없습니다. 사건 당사자니까요.”

“그렇다고 해서 못 올 이유는 없잖습니까. 오면 안 된다는 법도 없고요.”

“무리입니다. 사건 직후 병원에 입원했고, 지금은 경찰 조사까지 받고 있으니까요. 이미 체포 소식까지 나왔습니다.”

구라타가 타이르듯 말하자, 에리사와는 눈을 껌뻑였다.

“……그렇군요. 제가 아직 잠이 덜 깬 모양입니다.”

“이제야 눈치채셨군요.”

“제 생각이 다 전해졌다고 착각했어요.”

제정신을 차린 줄 알았건만, 이어진 그의 설명은 구라타 귀엔 여전히 꿈결 같은 헛소리로밖에 들리지 않았다.

“물론 유이 씨가 중요한 관계자임은 틀림없습니다. 새벽에 벌어진 사건은 그녀의 어떤 행위가 불러온 결과였죠. 하지만 그때 제가 도시유키 씨와 부딪히지 않았다면, 애초에 유이 씨는 양복 단추가 떨어지려는 걸 알아차리지 못했을지도 모릅니다.”

도대체 무슨 소리를 하는 건가.

“그래서 저는 만약 유이 씨가 ‘나나후시’에 올 가능성이 있다면, 저도 여기에 있어야 한다고 생각한 겁니다.”

그의 말을 도무지 이해할 수 없었다. 뭐라 받아쳐야 할지 난감해하던 찰나, 뒤쪽에서 문 여는 소리가 났다. 간판은 꺼져 있을 텐데……. 그렇게 생각하며 고개를 돌린 구라타는 밤을 등지고 서 있는 여자를 보고 말문이 막히고 말았다.

아무도 맞이하는 인사를 건네지 않는 가게 안으로 유이가 천천히 걸어 들어왔다. 구라타는 마치 유령이라도 본 듯한 기분으로 그녀를 바라봤다. 굳이 유령이 나온다면 도시유키 쪽일 텐데.

“어떻게…… 여길?”

구라타는 간신히 그 한마디를 꺼냈다.

"오늘 오지 않으면 영영 올 수 없을 것 같아서요……."

그 대답은 오늘이라면 손수건을 돌려줄 수 있을지도 모른다던 에리사와의 말과 묘하게 겹쳤다.

"그럴 수도 있겠지만…… 유이 씨는 병원에 있었고 경찰 조사까지 받고 있던 것 아닌가요?"

"그건 제가 아니에요."

"그럼 대체 누굽니까?"

"도시유키 씨의 아내예요."

"그러니까…… 뭐라고요?"

푹 꺼진 유이의 눈이 카운터 정면을 똑바로 응시하고 있었다.

"저는 도시유키 씨의 불륜 상대였을 뿐이에요."


유이는 전날과 마찬가지로 오른쪽 끝 스툴에 앉았다. 불과 몇 미터밖에 떨어져 있지 않은데도 어제보다 훨씬 멀게 느껴졌다.

"……저와 도시유키 씨는 회사 동료였어요. 저는 파견 직원으로, 작년 봄부터 도시유키 씨가 있는 부서에서 일하게 됐죠. 정직원들은 대체로 저를 서먹하게 대했는데, 그 사람은 달랐어요. 직접적인 상하관계가 아니기도 했기에 어느새 가까워졌죠. 그러다 퇴근길에 우연히 마주쳐 식사에 초대받았어요. 그런 일이 몇 번 이어지다가 저희는 남녀 관계가 됐습니다.”

“유이 씨는 결혼은 안 했습니까?”

구라타가 묻자, 그녀는 고개를 끄덕였다.

“이 나이에 철없이 들떴던 거겠죠. 아마 그 사람도 그랬을 거예요. 그러다 보니 금방 아내가 눈치채고 말았죠. 물론 도시유키 씨는 추궁당해도 인정하지 않았지만, 아내가 납득할 리 없잖아요. 그렇게 몇 달이 흐르자 아내는 정신적으로 불안정해졌고, 몸까지 망가져 병원에 다니게 됐어요. 1년 전 일이에요.”

유이는 담담히 말을 이어갔다.

“저흰 관계를 정리했어요. 마침 그 사람의 부서 이동도 겹쳐져 거리를 두는 건 어렵지 않았죠. 하지만 완전히 끊어내진 못했어요. 아내의 상태가 안정되자, 그 사람한테서 다시 문자메시지가 오기 시작했고 곧 다시 만나게 됐습니다.”

무릎 위에 올려둔 그녀의 손이 미세하게 떨리는 걸 구라타는 알아차렸다.

“당연히 도시유키 씨는 전보다 신중해졌죠. 야근이나 회식이라 속이고 한 달에 한두 번, 평일 저녁에 호텔에서 잠깐 만나는 게 전부였어요. 그는 아내에게 들키지 않는 게 둘의 관계를 이어가는 데 가장 중요하다고 늘 말했어요. 하지만 가끔은 평범한 연인이나 진짜 부부처럼 함께 거리를 걷거나 밥을 먹어보고 싶었어요. 그런 제 욕심을 듣고 그가 찾은 곳이 바로 이 가게였죠. 그의 집에서도, 회사에서도 먼, 변두리의 작은 바.”

유이는 두 사람의 이름이 적힌 위스키병을 가만히 바라보고 있었다.

“이곳에서만큼은 제가 그의 아내가 될 수 있었어요. 이곳에서만큼은 우리를 부부로 알아주는 사람이 있었고요.”

의태. 그 단어가 구라타의 머리를 스쳤다.

어젯밤, 마스터에게 ‘나나후시’라는 이름의 유래를 들은 후 도시유키가 지은 표정이 눈앞에 되살아났다. 그는 가게를 찾는 자기네야말로 대벌레라며, 잠시 깊은 생각에 잠겼었다. 아마도 의태라는 단어에 부부 행세를 하는 자신과 유이의 모습을 투영한 게 아니었을까.

에리사와가 보호색 이야기를 꺼냈을 때 도시유키가 멀찍이서 대화에 끼어든 것도 떠올랐다. 그것은 유이에게 의태라는 단어를 들려주고 싶지 않아 화제를 돌리려 했던 게 아니었을까.

그들이 이 가게에 오는 시간을 정하고 술도 늘 절제했던 이유도 이제야 이해됐다. 곧이어 ‘리버사이드’ 객실에서 함께할 시간이 기다리고 있었던 것이다.

"……그와 다시 이어졌다는 사실만으로 만족해야 했어요. 하지만 가끔 저 스스로가 비참하게 느껴졌죠. 싫어하리란 걸 알면서도 그 사람한테 묻지 않고는 버틸 수 없을 때가 있었어요. 나란 존재가 당신에겐 대체 뭐냐, 라고요."

"예를 들어 어제의 말다툼처럼요?"

"그가 휴일을 아내와만 보내는 게 갑자기 못 견디게 화가 났어요……. 제 욕심이었죠."

"도시유키 씨는 그때 '일'이라고 설명한 것 같았는데요."

"그는 언제나 그렇게 둘러댔어요. 아내와 보내는 시간은 일 같은 거라 어쩔 수 없다고요. 덕분에 최근 아내의 상태는 꽤 안정됐던 모양이에요."

"오늘은…… 왜 이곳에?"

의미는 조금 달랐지만, 구라타는 처음의 질문으로 되돌아갔다.

"도시유키 씨가 죽어버리면 제게는 아무것도 남지 않아요. 그 사람이 절 사랑했다는 증거, 우리가 이어져 있었다는 증거는 종잇조각 하나 없거든요. 아무도 우리를 모르죠. 추억을 나눌 사람도 없어요. 불륜이란 그런 거예요. 하지만 제겐 이 가게가 있었어요. '나나후시'에는 우리 둘을 기억하는 사람들이 있으니까요. 설령 경멸받더라도, 전 이곳만은 잃고 싶지 않았어요. 그래서 아내의 이름이 뉴스에 흘러나오기 전에 제 입으로 사실을 말하고 싶었어요."

어깨 위로 흘러내린 머리카락이 그녀의 옆얼굴을 가렸다. 거리에서는 빗소리가 들려왔다.

"……오늘 유이 씨가 이곳에 올 거라고 예상한 사람이 있었습니다."

구라타가 그녀에게 말했다. 유이는 손가락으로 머리카락을 쓸어올려 단정한 귀에 걸었다.

"누구죠?"

"에리사와 씨입니다……. 그 말인즉, 에리사와 씨는 유이 씨가 도시유키 씨를 죽인 사람이 아니라는 걸 알고 있었다는 뜻입니다. 즉, 두 분이 부부가 아니라는 사실도 알고 있었던 거죠."

에리사와는 난처한 표정으로 몸을 꼼지락거렸다.

"설마 유이 씨와 원래 아는 사이였던 건 아니죠? 어떻게 아셨습니까?"

"……별거 아닙니다. 도시유키 씨의 양복 단추가 떨어질 것 같은 상태라는 걸 보자마자 유이 씨가 반쯤 강제로 벗기고 곧바로 꿰매셨죠. 그게 조금 의아했어요. 출근길이라면 몰라도 집에 가기 전에 들른 바에서 굳이 급하게 그럴 필요가 있을까? 집에 가서 해도 되잖아요. 그걸 의아해하다가,

혹시 유이 씨에게 있어 도시유키 씨는 집에 돌아가서 단추를 다시 달아줄 수 없는 존재인 게 아닐까? 하는 생각이 든 겁니다."

"즉, 부부가 아니라고."

"네."

설명을 듣고 나니 이해할 수 있었다. 하지만 그때 구라타는 문득 에리사와가 손에 든 손수건을 보고, 유이가 오기 직전에 둘이 나눈 대화를 떠올렸다. 뭔가 걸리는 부분이 있었다.

"그러고 보니 에리사와 씨는 유이 씨의 '어떤 행위'가 이번 사건을 촉발시켰다는 듯이 말했죠. 그건 무슨 뜻입니까?"

에리사와의 목구멍에서 "으윽" 하고 기묘한 소리가 흘러나왔다.

"제가 '어떤 행위'라고 말했다고요?"

"네. 분명 그렇게 말했어요."

"아니, 그건 제가 반쯤 잠꼬대를 하다가 그냥 머릿속에 떠오른 걸 내뱉은 겁니다. 아마 아무 의미도 없을 거예요. 꿈이랑 같이 잊어버렸습니다."

그는 눈에 띄게 허둥대고 있었다.

"……그걸 알아챈 거군요."

유이가 나직하게 중얼거렸다. 입가에는 작은 미소가 번졌다. 자조처럼 보이기도, 안도처럼 보이기도 하는 묘한 미소였다. 구라타를 사이에 두고 유이와 에리사와의 시선이 맞닿았다.

"그게 도대체 뭔가요?"

구라타는 두 사람을 번갈아 바라보며 물었다. 유이는 눈짓으로 에리사와를 재촉했다. 그는 체념한 듯 어깨를 떨구고 이야기를 시작했다.

"……사소한 일이긴 합니다. 도시유키 씨가 가게를 나설 때, 저는 양복을 더럽힌 걸 다시 한번 사과하려고 문까지 따라갔습니다. 비위를 맞추겠다는 심산으로 옷의 먼지를 털며 옷이 참 좋다고 칭찬했죠. 그러다가 상의 단추에서 이상한 걸 발견했습니다. 정확히는 유이 씨가 꿰맨 단추의 실이었죠."

"실이요?"

"네. 빨간색 실을 쓰셨더군요."

"빨간색?"

"짙은 감색 정장에는 어울리지 않는 색이죠. 다른 색이 없어서 그랬나 생각했지만, 그럴 바에는 차라리 꿰매지 않는 게 낫습니다."

"아니, 분명 검은색 실도 있었는데요……."

구라타는 어젯밤 본 반짇고리를 떠올리며 말했다.

"그런데 왜 굳이 빨간색 실로……. 도시유키 씨는 아무 말도 안 했나요?"

시선을 에리사와에게서 유이로 옮기려는 순간이었다. 벽에 걸린 드라이플라워가 구라타의 눈에 들어왔다.

"아……."

저도 모르게 탄식이 흘러나왔다. 에리사와가 고개를 끄덕였다.

"맞습니다. 도시유키 씨는 그 색이 부자연스럽다는 사실을 알아차릴 수 없었어요. 빨간색은 그의 눈에 검은색과 크게 다르지 않은, 어두운색으로만 보이니까요."

그랬다. 그는 색각 이상이었다.

"그 실을 보고 부인은 다른 여자의 존재를 확신했을 겁니다. 조금 전, 유이 씨가 억지로 단추를 꿰매는 걸 보고 곧바로 두 사람의 관계를 의심했다고 말씀드렸죠. 하지만 그건 빨간색 실 이야기를 빼고 말하려다 보니 그렇게 된 거고, 사실 그땐 거기까진 몰랐습니다. 빨간색 실을 본 순간에도 '왜 저런 장난을 쳤을까?' 하고 수수께끼가 하나 더 늘어난 정도였죠. 도시유키 씨가 알아차리기 어렵다는 점에서는 꽤 음험한 행동이지만, 그렇다고 단순한 화풀이로 치부하기엔 너무 사소하니까요……. 어젯밤 그 자리에서는 그 의미를 깨달을 수 없었습니다."

"저도 이제 검은색하고 빨간색이 구분이 안 되네요."

도시유키와 유이를 배웅하던 에리사와의 멍한 표정이 떠

올랐다. 그는 방금 전에 본 작은 수수께끼를 두고 당황스러워했던 것이다.

"그리고 오늘 아침, 도시유키 씨가 집에서 살해당했다는 소식을 듣고 나서야 그 작은 위화감들이 하나둘 의미를 띠기 시작했고, 결국 하나의 선으로 이어졌습니다. 그 빨간색 실은 하나의 도화선이었던 거죠. 부인이 그 의미를 알아차린 순간, 도화선에 불이 붙었습니다. 뇌관은 그녀의 마음이었죠. 간신히 회복했던 마음의 균형은 남편이 줄곧 자신을 속여왔다는 사실을 알게 된 그 한순간에 무너져 내렸습니다. 그 폭발은 도시유키 씨의 생명을 앗아가기 충분할 만큼의 충격을 동반했던 겁니다."

유이는 에리사와의 추측에 아무런 반론도 하지 않았다. 대신 조용히, 그러나 단단한 목소리로 고백을 시작했다.

"……무슨 결과를 기대했던 건지 저 자신도 잘 모르겠어요. 그 자리에서 단추를 꿰맨 건, 저도 가끔은 그 사람을 위해 그런 걸 해주고 싶다는 마음 때문이었죠. 하지만 반짇고리를 열었을 때 작은 장난기가 동했어요. 작다 해도 그걸 눈치챌 사람이 누군지는 뻔했으니, 제 마음 깊은 곳에 격렬한 악의가 숨어 있었다는 걸 부정할 수 없네요."

그녀의 말이 막혔다. 마스터가 유이 앞에 물을 탄 위스키 한 잔을 놓았다. 두 사람이 이름을 함께 적어둔 병에서 따른

술이었다.

"······저는 아내에게만 다정하게 구는 그 사람을 용서할 수 없었어요. 그 다정함 덕에 회복 중인 아내도 용서할 수 없었고요. 저는 계속 고통 속에 있었으니까요. 그런데 설마 이런 일이 벌어질 줄은······."

유이의 입술에서 흐느낌이 새어 나왔다.

도시유키에게 '나나후시'에서의 부부 놀이는 그저 가짜였을 것이다. 그러나 유이에게는 진실이길 바라는 모습이었다. 대벌레가 언젠가 진짜 나무가 되기를 바라는 것처럼 결코 이루어질 수 없는 꿈. 하지만 유이는 그런 꿈을 꾸고 말았다.

구라타는 유이의 입술을 바라보았다. 그 색은 슬프게도 선명했다.

"아무리 사랑한다는 말을 해도, 아내에게 의심받자 그가 끊어낸 건 저였어요. 그 사실을 간신히 받아들일 무렵, 그는 또다시 달콤한 말을······. 그게 거짓임을 알면서도 저는 그와 관계를 이어가기로 했죠. 그런데 제 욕심이 과해서······."

에리사와가 다가가 손수건을 내밀었다. 유이는 고개를 떨군 채 그것을 얼굴에 누르며 어깨를 떨었다.

"저는 그저 그 사람이 잠시 앉아 쉬던 횃대에 불과했을 뿐인데."

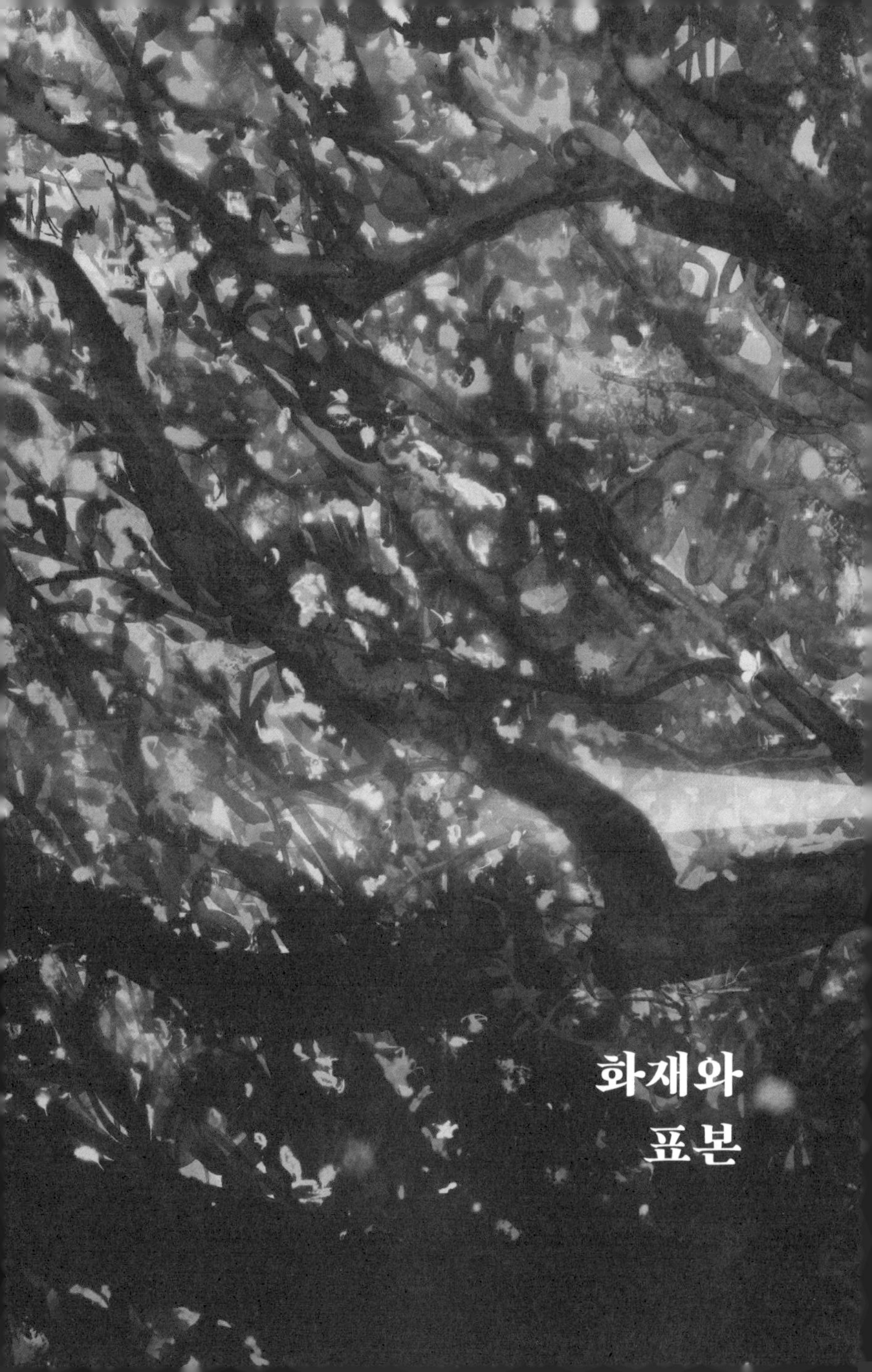

화재와
표본

가네시로 조키치가 화재 현장에 도착했을 때는 이미 불길이 철물점을 통째로 집어삼킨 뒤였다. 철물점 주인은 잠옷 차림에 한텐(일본의 전통 의상으로 주로 겨울철에 입는 외투―옮긴이)을 걸친 채 길 건너에 주저앉아 불길에 휩싸여 검은 그림자가 된 집을 멍하니 바라보고 있었다. 그 옆에서는 늙은 여자가 땅바닥에 무릎을 꿇고 두 손을 모으고 있었다.

둘 다 무사한 듯해 조키치는 가슴을 쓸어내렸다. 철물점에는 쉰 살의 독신 아들과 노모가 함께 살았다. 아들이 침대에서 피운 담뱃불이 이불에 옮겨붙은 모양이라고 누가 수군거리는 소리가 들렸다.

"젠장! 불탈 거라면 아예 다 타버리라지!"

그렇게 외친 건 불길이 옮겨붙은 이웃집 주인이었다. 자포

자기했을 수도 있고, 아니면 차분한 마음으로 화재보험 약관을 떠올리고 있었을지도 모른다. 다행인지 불행인지, 그 집까지 다 타기 전에 불길을 잡을 수 있을 것으로 보였다.

밤 10시. 평소라면 고요가 내려앉았을 거리를 불길과 소방차 경광등이 두 겹의 붉은빛으로 물들였다. 그 번쩍임이 신경을 긁는 듯해 조키치는 간간이 눈을 가늘게 떴다.

쾅 하는 큰 소리와 함께 철물점 지붕이 한쪽으로 크게 기울었다. 불똥이 사방으로 흩날리자 구경꾼들이 "와아!" 하고 환호에 가까운 소리를 질렀다. 흥분이 그들을 휘감았다. 화재는 마치 2월의 혹한 속에서 느닷없이 찾아온 겨울 축제 같았다.

불똥을 피하려 고개를 돌린 순간, 조키치의 시선이 한 남자를 포착했다. 구경꾼들 틈에 여관 손님이 끼어 있었다. 이름이…… 뭐였더라? 아내는 요즘 조키치의 건망증이 심해졌다며 한탄하지만, 결코 그렇지 않다. 애초에 기억하지 못한 걸 잊을 수는 없기 때문이다.

오늘 밤 유일한 투숙객인 그 손님은 철물점 주인에 지지 않을 정도로 멍한 표정으로 화재를 지켜보고 있었다. 그 모습을 보니 불똥 서너 개쯤은 입에 들어갔음이 분명하다. 잘 보이는 앞자리에 서 있는 걸 보면, 아마 조키치보다 먼저 현장에 도착한 모양이었다.

조키치가 다가가 말을 걸자, 상대는 "음?" 하는 얼굴로 그를 바라봤다.

"아, 젠장."

마치 범죄 현장을 들킨 사람 같은 말에 깜짝 놀랐지만, 추위에 입이 얼어붙은 탓에 '주인장'이 '젠장'처럼 들린 것이란 사실을 뒤늦게 깨달았다.

"이런 데서 뵙다니, 어딘가 다녀오는 길이십니까?"

조키치가 쓴웃음을 지으며 묻자 그가 답했다.

"아뇨. 불이 났다는 말을 듣고 여관에서 달려왔습니다."

"여기까지 걸어서 10분도 안 되는 거리라지만, 여행 중에 굳이……."

호사가시네요. 그렇게 말하려다 삼켰다.

아닌 게 아니라 그는 여관에 도착한 직후에도 로비 벽에 걸린 곤충 표본을 유난히 오래 들여다봤었다. 그때도 어딘가 멍한 표정이었다. 표본에 관심을 보이는 어른은 드물다. 나이는 서른을 훌쩍 넘어 보이는데.

화재와 표본.

묘한 조합에 가슴이 쿵쿵 뛰었다. 눈은 철물점의 화염을 쫓으면서도 마음은 35년 전으로 되돌아갔다. 지금 여관에 있는 표본 상자는 조키치가 소년 시절 누군가에게서 물려받은 것이다. 그 사람은 불을 내고 죽었다.

소방대가 "위험하니 물러서요!" 하고 구경꾼들을 좁은 골목 밖으로 몰아냈다. 불길이 옆집으로 옮겨붙을 위험이 있었다. 흰 무언가가 바람결에 파도처럼 춤췄다. 잿가루인가 했더니, 눈이었다. 일기예보는 새벽에 큰 눈이 온다고 예고한 바 있다.

불길에서 멀어지자 조키치의 몸이 금세 식기 시작했다. 여관 프런트 안쪽에 켜둔 석유난로에 올려놓고 데우던 술이 떠올랐다.

"손님, 이제 돌아가볼까요?"

"불난 게 더 잘 보이는 높은 곳이 있나요?"

"어딜 올라가자는 게 아니라 이만 돌아가자는 겁니다."

조키치의 입도 얼어붙어 발음이 꼬였다. 술도 안 마셨는데 혀가 꼬이다니 억울한 일이다. 더더욱 술이 당겼다. 둘은 어깨를 움츠린 채 하얀 입김을 뿜으며 여관으로 발걸음을 옮겼다.

"돌아가서 이거 함께 어떠십니까? 준비해둔 게 있는데."

조키치가 양손에 술잔을 들고 부딪는 시늉을 했다.

"지, 지금 말입니까?"

남자의 얼굴에 뜻밖의 놀람이 떠올랐다.

"지금이야말로 딱이죠. 이런 일이 있었는데 바로 잘 수 있겠습니까."

“글쎄요. 자기에는 아직 이르긴 하지만. 그래도 추…… 춥
잖습니까.”

“추운 날이니까 더욱 필요하죠.”

남자는 “하아……”라고 말하며 고개를 끄덕였다. 아니, 떨
궜다는 표현이 더 정확할 것이다. 저녁에 이미 찬술 두 홉을
마셨으니 술을 싫어하는 편은 아닐 터였다. 혹시 돈 걱정을
하는 걸까.

“물론 돈은 받지 않습니다.”

안심시키려 어깨를 두드리자, 그는 “아, 그런 걸 기대한 건
아닙니다” 하고 기묘한 얼굴로 답했다.

“다녀왔어. 아, 몸이 다 식었네.”

여관 현관에 들어서자 복도 안쪽에서 아내가 나왔다.

“잘 다녀왔어? 어머, 손님까지?”

“거기서 만났어.”

“마치 술집에서 만난 사람처럼 말하네. 그래서 불은 어땠
어?”

“철물점에서 난 거야. 가게가 몽땅 타버렸어. 담뱃불이 원
인이래.”

“어머, 끔찍해라. 그럼, 철물점 주인은?”

“목숨은 건졌지. 어머니도 무사하고.”

“다행이네.”

"하지만 진짜 주의해야 하는 건 지금부터야. 불이 옆집까지 번졌거든. 죄책감에 모자가 동반 자살이라도 한다면, 살아남은 게 무슨 소용인가."

"아이고. 왜 그런 무서운 말을……."

"……자, 그럼."

조키치는 아내의 눈길을 슬쩍 피하며 프런트 안쪽 난로 위 냄비에서 술병 두 개를 꺼냈다.

"아, 뜨거! 뭐, 시간도 시간이니 알코올이 좀 날아간 게 딱 좋군. 자, 손님…… 어라?"

순간, 자기 방에 돌아가버린 줄 알았는데 아니었다. 남자는 신발도 벗지 않은 채, 현관 바닥에서 몸을 잔뜩 움츠린 채 서성이고 있었다.

"저기, 그런 데서 뭐 하는 겁니까?"

"어서 돌아보고 오죠."

"……어딜요?"

"어디라뇨. 불조심 야간 순찰 말입니다."

"여보, 손님을 이 밤중에 순찰 보낼 셈이야?"

"바보 같은 소릴. 그럴 리가 없……."

"주인장이 아까 준비해두셨다고."

조키치는 깜짝 놀랐다.

"손님, 도대체 무슨 말씀인지 전혀 모르겠는데요."

"아까 이렇게 박자목拍子木을 치며 다니는 흉내를 내셨잖아
요?"

손님이 두 손을 얼굴 앞에서 가볍게 탁탁 부딪쳤다. 그 몸
짓을 보자 어느새 의심의 구름이 걷혔다. 조키치는 참지 못
하고 껄껄 웃음을 터뜨렸다.

"손님, 그건 오해입니다. 박자목을 두드리며 야간 순찰을
하자는 게 아니라, 술잔으로 건배하는 시늉을 한 거였어요."

몸이 얼어 제대로 동작을 취하지 못해 생긴 오해였다. 그
말을 듣자 얼어붙었던 손님의 표정도 단번에 풀렸다.

"아니 정말! 주인장 때문에 깜짝 놀랐잖아요."

적잖이 안도했는지 그는 갑자기 애교 섞인 말투를 섞으며
신발을 툭툭 벗어 던지고는 친한 여인처럼 성큼 다가왔다.
끌어안는 건 아닐까 놀랐지만, 다행히 그 정도는 아니었다.

"노인회 봉사에 동참시키려는 줄 알았어요."

"노인회라니, 아직 오십도 안 됐는데."

"그 정도면 충분히 많은 나이죠."

지나치게 친근한 태도라 무례하게 들리기도 했지만, 상대
는 손님이다. 조키치는 꾹 참고 말했다.

"프런트 뒤 휴게실에서 한잔하십시다. 아주 맛있는 훈제
돼지고기가 있어요."

"불나지 않게 조심해."

아내는 손님의 신발을 신발장에 넣으며 당부했다.

데운 술을 혀뿐만 아니라 목으로도 음미하듯 천천히 넘기자, 명치 쪽에 푸근한 욱신거림이 번졌고 손끝과 발끝에도 다시 온기가 돌기 시작했다.

프런트에서 옮겨온 석유난로에 구운 훈제 고기의 냄새가 방금 화재 현장에서 맡은 냄새를 떠오르게 했다. 문득 조키치는 35년 전의 옛이야기를 손님에게 들려주고 싶은 충동을 느꼈다. 어쩌면 이 만남이 일생에 한 번뿐일 거라는 생각 때문이었을까.

"손님, 로비에 걸어둔 표본 상자를 꽤 오래 보시더군요."

"예, 너무 훌륭해서 말이죠. 라벨을 보고 깜짝 놀랐어요. 거의 반세기 전 것 아닌가요? 그건 주인장이…… 아니, 나이대가 안 맞겠네요."

"다른 사람에게서 받은 겁니다. 저는 그분의 제자 비슷한 존재였죠."

"제자라고요?"

"하하. 스스로 그렇게 불렀을 뿐입니다만. 그분과 어울리던 당시 저는 아직 초등학생이었어요. 그렇습니까, 그렇게까지 훌륭한 수준인가요."

"죽은 곤충을 보존하는 건 쉽지 않습니다. 예를 들어 큰 메뚜기나 사마귀 같은 건 부패 방지를 위해 배를 갈라 내장을 제거해야 하죠. 게다가 그 표본은 상태가 좋을 뿐 아니라 형태도 정말 아름답습니다. 다리 하나하나까지 세심히 정돈돼 있더군요. 곤충이 죽으면 전시판이라는 목제 도구 위에 올려 날개와 다리의 위치를 고정하는데, 실로 정성스러운 작업이에요. 배치나 라벨링까지 봐도 최고 수준입니다.”

손님은 잡힌 곤충처럼 양팔을 팔락거리며 설명했다. 조키치는 마치 자신이 칭찬받는 듯한 기쁨을 느끼며 말했다.

“잠시만요.”

조키치는 일어나 로비에서 표본 상자를 가져왔다. 세로 40센티미터 가로 60센티미터, 유리 뚜껑이 달린 상자는 의외로 묵직하다. 손님은 표본 상자를 탁자 위에 올려놓고 얼굴을 바짝 대고 콧김으로 유리를 흐리며 말문을 열었다.

“사슴벌레와 하늘소 같은 딱정벌레목 곤충부터 나비, 나방, 잠자리, 벌, 메뚜기, 노린재, 물에서 사는 수서곤충까지. 어라, 뿔쇠똥구리도 있네요. 쇠똥구리과이긴 하지만 이 종은 똥을 굴리지 않는 종입니다. 일본에 사는 쇠똥구리과 곤충 중 똥을 굴리는 종류는 드물거든요. 그리고 이건 딱정벌레네요. 날개가 퇴화해서 날지 못합니다. 다시 말해 이동성이 낮죠. 그래서 비교적 좁은 지역 안에서도 장소에 따라 다른 형질을 가진 종으로 갈라지기도 합니다. 곤충은 그 땅의 모습을 비추어 보여주는 존재니까 이런 표본은 매우 귀중한 자료예요. 상자도 훌륭하고요. 오동나무 같은데…… 수제인가요?"

"네. 버려진 가구에서 나무를 모아 만들었다고 들었어요. 다만 뚜껑의 유리만은 제가 나중에 특별히 제작해 넣었습니다. 자외선을 차단하는 특수 유리죠."

조키치는 술을 입에 털어 넣듯 마셨다. 손님은 호기심 어린 표정으로 유리를 어루만졌다.

"주인장의 스승이라는 분은 곤충학……, 아니 생물학 선생님이었나요?"

"아니요, 사진작가를 꿈꾸던 청년이었습니다. 이름은 후타쓰모리 유야. 35년 전에 알게 되었죠……. 아니, 정확히 말하면 36년 전 여름이었나. 그때 그는 스물다섯, 스물여섯쯤이었고 전 초등학교 5학년이었습니다."

조키치의 가슴에 아릿한 그리움이 되살아났다. 혀끝에 느껴지는 술맛이 약간 썼다.

"만남은 고작 반년 남짓이었어요. 유야 씨는 제게 곤충 표본을 남기고 집에 불을 질러 병든 어머니와 함께 동반 자살했습니다."

탁자 위 술병으로 뻗던 손님의 손이 우뚝 멈췄다.

"그 표본이 그 사람의 유품이에요. 곧 그의 기일이 다가옵니다."

조키치는 술기운에 기대어 둘의 만남 이야기를 시작했다.

"……이웃 마을과의 경계에 소데가와라는 강이 있습니다. 어느 날 방과 후 친구 세 명과 하천부지로 놀러 갔어요. 정비되지 않아 풀이 무성했고, 강과 낮은 제방 사이의 덤불 속을 마치 탐험이라도 하듯 걸어갔죠. 그러다 장난을 치던 중 발을 헛디뎌 물에 빠지고 말았습니다."

풀이 우거져 발밑이 보이지 않았고, 땅은 진흙이었다. 그 하천부지는 위험하다는 이유로 아이들의 출입이 금지되어 있었다.

"비가 온 뒤라 강물이 불어난 데다 물이 탁하고 물살도 빨랐습니다. 발이 닿는 깊이였을지도 모르지만 그것도 침착할 때 이야기고, 한번 물을 들이켜고 나니 공황 상태가 되어 손쓸 도리가 없었죠. 저는 그저 정신없이 허우적댈 뿐이었습니다."

옛일이라 물에 빠져 허우적대던 순간의 공포가 선명하게 되살아나진 않았다. 오히려 이야기를 듣는 손님이 더 괴로워 보일 정도였다. 조키치는 일단 말을 멈추고, 석유난로에 눌어붙은 고기를 떼어내 두 토막으로 갈라 탄 부분이 적은 쪽을 손님에게 건넸다.

"어두운 물속에서 방향 감각도 잃고, 그저 머리에 우우

웅…… 하는 소리만 울렸습니다. 어딘가로 빨려 들어가는 물살에 휘말려, 몸부림치던 손발이 완전히 가라앉아 더 이상 수면을 두드리지 못하게 되자 이상하게도 마음이 고요해지더군요. 몸에서 분리된 제가 물에 빠진 저 자신을 내려다보는 기분이었어요. '아, 이제 이걸로 끝이구나' 하고 생각했습니다. 아버지, 어머니, 여동생, 할머니, 외삼촌…… 아는 얼굴이 주마등처럼 지나갔습니다. 네? 몇 명의 얼굴이 떠올랐느냐고요? 그런 건 아무래도 좋지 않습니까. 농담 같은 거니까요. 의식을 잃어갈 무렵, 갑자기 몸이 떠오르는 느낌이 들더니 제 얼굴이 수면 밖으로 튀어나왔습니다. 칠흑같던 시야가 주황빛으로 물들고, 멀리 친구들 목소리가 들렸습니다. 입을 벌리자 숨을 쉴 수 있었고, 한쪽 눈을 뜨니 노을빛이 보였어요. 바로 옆에는 낯선 어른의 얼굴이 있었고, 저는 그 사람에게 안겨 있었습니다."

손님이 안도하듯 길게 숨을 내쉬었다. 이야기에 완전히 빠져드는 성격인 듯했다.

"땅 위로 올라오자, 그는 앞으로 쓰러지듯 무릎을 꿇고 저를 풀밭에 눕혔습니다. 맥이 빠졌다고 해야 할까, 멍하다고 해야 할까. 그 순간엔 아직 아무런 감정도 떠오르지 않았습니다. 저는 고개를 옆으로 돌려 그 사람의 젖은 스니커즈와 목에 걸린 카메라를 가늘게 뜬 눈으로 바라봤습니다. 그는 저보다 숨이 훨씬 가빴고, 그 때문에 카메라가 미세하게 흔들리고 있었던 걸 기억합니다. 그걸 보니 '살았구나' 하는 안도감보다도 얼마나 혼이 날까 하는 두려움이 밀려왔습니다. 그런데 그는 '여긴 아이들이 놀 곳이 아니야'라고만 말하더니, 젖은 제 앞머리를 쓸어 넘겼습니다."

이마에 닿은 손끝의 감촉에 놀라 고개를 들자, 남자와 눈이 마주쳤다. 그 순간, 이번에는 부끄러움이 몰려와 견딜 수 없어 조키치는 재빨리 시선을 돌렸다.

"그가 천천히 일어서자, 기울어진 카메라에서 흘러내린 물이 제 귓가에 뚝뚝 떨어졌습니다……."

남자는 마치 자기가 잘못이라도 저지른 양 어깨를 축 늘어뜨리고, 뒤돌아보지도 않은 채 둑을 넘어 사라졌다. 조키치는 둑 너머의 저녁놀을 멍하니 바라봤다. 머리가 둔탁하게 아팠다. 적어도 그 통증이 가라앉을 때까지 그대로 누워 있고 싶었다. 그러나 주위를 둘러싼 친구들이 자꾸 말을 걸어온 탓에 안심시키려는 마음에 억지로 일어날 수밖에 없었다. 한 명은 조키치의 가방을 들고 한 명은 억지로 어깨를 내주었다. 나머지 한 명은 그저 울고만 있었다.

집에 돌아와서도 강에서 있었던 일은 누구에게도 말하지 않았다. 젖은 옷은 물풍선을 가지고 놀다 그랬다고 둘러댔다.

다음 날, 강에서 사고를 함께 겪은 친구들은 어쩐지 서먹한 태도를 보였다. 방과 후가 되자 드디어 한 명이 다가와 말을 걸었다. 어제 돌아가는 길 내내 울던 고스케였다.

"있잖아, 강에서 조키치를 구해준 사람 말인데."

조키치에게 다가서자마자 친구는 그렇게 말을 꺼냈다.

"아마 미즈사토 지구에 사는 후타쓰모리라는 사람 같아."

"어떻게 알았는데?"

"어젯밤에 누나한테 물어봤어. 올해부터 마을 사무소에서 일하게 돼서 동네 사정을 잘 알거든."

"내가 강에 빠진 이야기를 한 거야?"

"설마! 강 근처 공원에서 누가 말을 걸었다고 했지. '우리 사진을 찍으면서 다가왔다'라고 말했더니, 그렇다면 미즈사토의 후타쓰모리 씨일지도 모른다더라. 여름 축제 준비 모임에 미즈사토 지역의 반장 대신으로 나온 적이 있대."

준비 모임이라는 건 사실 술자리다.

"그 사람, 상공회 사람들한테 둘러싸여 계속 잔소리를 들었다나 봐."

"왜?"

"스물다섯이나 돼서 카메라만 만지작거리고 제대로 일도 안 한다고."

조키치의 머릿속에서 물에 젖은 카메라가 흔들렸다.

"야, 고스케. 왜 누나한테 사진 찍으면서 다가왔다고 한 거야? 그러면 꼭 이상한 사람 같잖아. 내 목숨을 구해준 은인인데."

"그야 특징이라면 카메라밖에 생각이 안 났으니까. 게다가 사진 찍고 있던 건 거짓말 아니야. 나, 봤거든."

고스케는 입을 삐죽 내밀며 그렇게 말했다.

그 뒤로는 일주일 앞으로 다가온 여름방학 이야기로 화제가 옮겨갔지만, 조키치의 귀에 거의 들어오지 않았다. 여관 일을 도와야 한다는 핑계를 대고 혼자 미즈사토 지구로 향했다. 발을 들여놓은 적은 없지만 위치는 알고 있었다.

원래 미즈사토 지구는 마을을 흐르는 소데가와 강과 그 지류에 둘러싸인 지역을, 지류를 메워 택지로 만들려던 곳이었다. 그러나 지류를 잃은 소데가와 강의 치수 공사가 부실해 큰비가 올 때마다 강이 범람했기에 토박이 주민들은 살기를 꺼렸다.

마을은 추가 공사를 시작했다. 모처럼 지었는데 입주자가 없는 공영주택을 간이 숙소로 제공해 외부 노동자를 불러들였다. 그 와중에 '소데가와 뉴타운 계획 반대'를 내건 신인 정치인이 선거에서 현직을 꺾고 당선되자 사업은 갑자기 중단되고 말았다.

그 결과, 일자리를 잃은 노동자들은 마을에서 다른 일을 찾아 공영주택에 싼 월세로 눌러앉았다. 이렇게 해서 어정쩡하게 개발된 강변 저지대에 이주자들만 모여 사는 미즈사토 지구가 생겨났다. 조키치가 태어나기 15년 전, 고도 경제성장기 초기의 일이었다.

미즈사토 지구에 들어서니 목조 단층 주택이 줄지어 있었다. 마당을 밭으로 쓰는 집이 많았지만 채소는 시들시들하고 병든 듯 보였다. 한동안 정처 없이 걷다가, 둑 언저리 조금 떨어진 곳에 외따로 서 있는 기다란 건물 한 채를 발견했다. 빨랫줄에는 눈에 익은 스니커즈가 걸려 있었다. 건물에는 현관이 세 개 있었지만 두 집은 얼핏 봐도 빈집이었고, 남은 한 집엔 손으로 '후타쓰모리'라고 쓴 문패가 달려 있었다.

"실례합니다."

결심을 굳히고 목소리를 내며 현관 미닫이를 열었다. 문은 도중에 두 번이나 걸리며 큰 소리를 냈다. 현관 바로 앞엔 부엌과 하나로 이어진 마루가 있었고, 열린 맹장지문 너머로 다다미방이 보였다. 그곳에 한 여자가 이불에 누워 있었다. 머리맡의 라디오에서 음악이 잔잔히 흘러나오고 있었다. 조키치는 놀라서 "앗" 하고 소리를 냈다. 문을 닫고 달아나려 했지만 걸려서 닫히지 않았다. 조키치는 문짝을 붙잡은 채 얼어붙었다.

"어머, 손님이 오다니 드문 일이네."

눈이 마주치자 여자는 미소 지으며 말했다. 그녀가 이불을 젖히고 천천히 몸을 일으키는 동안, 조키치는 말없이 기다렸다. 그녀는 잠옷 겉옷을 여며 드러나 있던 쇄골을 가렸다.

"안녕. 넌 누구니?"

"저, 저는 가네시로 조키치라고 합니다. 저기, 밖에 널어둔 스니커즈를 보고, 어제 구해주신 데 대해 감사 인사를 드리러 왔습니다."

그녀는 고개를 갸웃했지만 얼굴에는 즐거움이 묻어났다.

"무슨 이야기인지 들어봐야겠네. 들어와서 자세히 들려주렴."

조키치는 고개를 끄덕이고 간신히 문을 닫은 뒤 집 안으로 들어갔다.

"거기 편히 앉으렴."

여자가 말한 대로 마루방 탁상 옆에 무릎을 꿇고 앉았다.

"비스킷 좋아하니?"

그녀가 일어서려 하자 조키치는 황급히 손사래를 쳤다. 여자의 몸 상태가 그다지 좋아 보이지 않았기 때문이었다.

"아뇨, 괜찮아요. 방금 막 먹고 와서요."

"방금 먹었다니, 뭘?"

"……어, 급식요."

그녀는 이상하다는 듯 웃음을 터뜨리더니, 이불 옆에 둥글

게 말려 있던 한텐을 걸쳤다.

"괜찮으니 사양하지 말렴."

그녀는 맨발을 바닥에 끌며 부엌으로 스치듯 넘어가 찬장에서 칼피스 병을 꺼냈다. 잔에 원액과 물을 따르고 냉동실을 열어 들여다봤다. 그러고는 아쉽다는 듯 "얼음이 없네" 하고 말했다.

조키치는 집 안을 둘러보았다. 열려 있는 맹장지문 너머로 보이는 침실은 7제곱미터 남짓. 마루방은 부엌까지 합쳐도 13제곱미터 정도였고, 한구석에는 뒤쪽 둑으로 나갈 수 있는 쪽문이 있었다. 부엌 반대편의 문은 아마 화장실일 것이다. 고작 그 정도 크기의 작은 집이었다.

조키치는 여자가 내준 칼피스와 비스킷을 감사 인사와 함께 받아먹었다. 생각해보니 그것은 비스킷이라기보다 건빵에 가까웠지만, 눅눅해진 덕에 오히려 먹기 좋았다.

가까이서 보니 여자는 야위었고 흰머리가 많았으며 눈은 움푹 들어가고 입술은 말라 있었다. 그런데도 조키치는 아름다운 사람이라는 인상을 받았다. 그리고 어제 자신을 구해준 은인과 닮았다고 느꼈다. 우리 어머니와 할머니의 중간쯤 되는 나이일까, 막연히 그렇게 짐작했다.

그녀는 가끔 기침을 했다. 힘겹게 숨을 들이쉴 때마다 목구멍 어딘가에서 걸리는 듯한 그르렁 소리가 울려 조키치를 불안하게 했다. 지대가 습해서인지 방 안은 눅눅했고, 적어도 병든 사람에게는 전혀 어울리지 않는 환경처럼 보였다. 한번 시작된 기침은 좀처럼 멎지 않았다.

오래 머무르는 건 좋지 않겠다 싶어 조키치는 사정만 전하고 돌아갈 생각으로 어제 일을 빠르게 이야기했다. 자신을 구해준 사람에게 감사 인사를 하고 싶어 강 주변을 돌아보다가 스니커즈를 발견했다는 설명이었다. 고스케에게서 '후타쓰모리'라는 이름을 들은 사실은 말하지 않았다.

"아, 그런 일이 있었구나. 많이 무서웠지? 다친 데는 없고?"

"괜찮습니다. 오히려 저보다 저를 구해준 분이……."

"그게 정말 유야라면, 곧 일을 마치고 돌아올 거란다."

"유야…… 씨요?"

"그래. 내 아들이야."

"강 근처에서 일하시나요?"

"아니. 어제랑 오늘은 일용직 일을 하러 나갔어."

아침 일찍 마을 사무소 앞에서 버스를 타고 일하러 가는 사람들이 있다는 건 조키치도 알고 있었다.

그렇게 이야기를 나눈 지 5분쯤 지났을까. 현관 미닫이를 쾅쾅 울리며 후타쓰모리 유야가 집에 돌아왔다. 조키치의 온몸에 긴장이 번졌다. 틀림없이 어제 그 사람이었다.

"어서 오렴. 귀여운 손님이 와 있단다."

조키치는 무릎에 손을 짚고 허리를 곧게 세웠다.

"어, 어제는 정말 감사합니다. 인사도 못 드리고, 죄, 죄송했습니다."

유야는 놀란 듯 신발을 벗으며 물었다.

"……어떻게 여길?"

조키치는 스니커즈 이야기를 다시 꺼냈다.

"와, 대단한데. 형사도 될 수 있겠는걸?"

유야는 마루방으로 들어와 작업복을 벗으며 웃었다. 어제 자신을 안아 올렸던 팔은 생각보다 훨씬 가늘었다. 이날도 유야는 꾸짖는 말 같은 건 한마디도 하지 않았고, 오히려 자신의 행동이 어머니에게 알려진 것을 쑥스러워하는 듯 보였다.

"유야, 이렇게 와줬는데 조키치 군을 데리고 놀러 나가는 건 어떠니?"

"놀다니, 어디서?"

"카메라를 가르쳐주면 되잖아. 조키치 군, 저기 걸린 사진, 유야가 찍은 거란다."

"그런 말 안 해도 돼……."

어머니는 현관 가까운 벽에 걸린 흑백 사진 한 장을 가리켰다. 신문에도 실린 작품이라 했다. 조키치는 곧 그것이 소데가와 강의 다리를 찍은 사진임을 알아보았다. 난간 위에

새 한 마리가 날개를 접은 채 앉아 있었다.

"저건…… 갈매기예요?"

"그래. 가끔 강에 나타날 때가 있어."

조키치는 깜짝 놀랐다. 마을은 내륙 깊숙이 있어 바다와는 꽤 떨어져 있다. 저 갈매기는 다시는 바다로 돌아갈 수 없는 게 아닐까. 갈매기의 눈빛은 강 저편 어딘가, 바다를 향한 듯 보였다. 그 갈매기 너머에는 흰 러닝셔츠 차림의 남자가 난간에 팔을 걸고 같은 방향을 바라보고 있었다. 초점이 새에 맞춰져 있어서 얼굴이나 자세가 분명치 않았지만, 드러난 팔은 가늘고 등이 약간 굽어 있었다. 혹시 저 노인도 먼 고향을 그리워하고 있는 걸까.

"다른 사진도 몇 장 실렸단다. 신문뿐만 아니라 잡지에도. 이 아이, 프로 사진작가를 목표로 하고 있거든."

유야는 쓴웃음을 지으며 자리에서 일어섰다. 어머니를 말리기는 포기한 듯했다.

"따라와 봐. 암실을 보여줄게."

조키치가 고개를 갸웃하자 어머니가 "필름을 현상하는 곳이란다"라고 설명했다.

유야는 부엌 쪽문을 통해 밖으로 나갔다. 조키치도 그 뒤를 따랐다. 데려간 곳은 집 뒤편에 있는 목조 헛간이었다. 집과 둑 사이 좁은 틈에 지어져 있었다. 들어서자마자 검은 커튼이 눈앞을 가로막았다. 그것을 젖히자, 문이 달린 판벽이 나타났다. 헛간은 판벽으로 나뉘어 각각 암실과 전실로 쓰이고 있었다.

문을 밀자 안쪽에서 시큼한 냄새가 풍겼다. 현상에 쓰는 약품 냄새라고 했다. 유야는 안으로 들어가더니 곧 상자를 들고 나왔다. 사진을 보여주려는 건가 했는데 아니었다.

"봐봐."

"와아!"

각양각색의 곤충이 담긴 표본 상자였다. 마치 살아 있는 듯 윤이 나고, 다리와 날개를 펼친 채 금방이라도 움직일 것처럼 보였다. 깔끔하게 붙은 라벨에는 이름이며 채집 장소, 채집 날짜 등의 정보가 일정한 형식으로 적혀 있었다. 유리 덮개가 씌워진 나무 상자는 누가 봐도 직접 만든 것이었다. 조키치는 흥분을 감추지 못했다.

"사진보다 이쪽이 더 재미있지?"

"학교에 있는 것보다 훨씬 대단해요."

과학실에 있는 표본의 곤충은 다리가 뒤틀리거나 목이 비틀린 채 보관되어 있다.

"지금도 표본을 만드세요?"

유야는 고개를 저었다.

"이제는 잡는 걸 그만뒀어. 이 표본은 내가 초등학교 6학년 때 마지막으로 만든 거야. 지금은 카메라로 찍을 뿐이지. 일이 힘들 때면 산에 들어가 곤충들을 만나고 싶어져. 어릴 적부터 친구라고 할 만한 건 곤충뿐이었거든.”

유야는 있지도 않은 먼지라도 털 듯 흡집투성이 테이블을 쓸며 말했다. ‘카메라’라는 말에 조키치는 저도 모르게 고개를 숙였다. 거실에서 어머니가 사진 이야기를 꺼냈을 때도 마음이 매우 무거웠다.

“카메라…… 죄송합니다.”

“응?”

“물에 잠겨서…… 망가졌죠?”

조키치의 머리 위에 유야의 손이 살며시 얹혔다.

“신경 쓰지 마. 하나 더 있으니까. 게다가 그게 오히려 더 손에 익었거든. 그리고 사실 그때는 일부러 그랬던 거니까.”

“……일부러요?”

“그래. 난 카메라를 망가트릴 생각으로 강에 들어간 거야.”

그 의미를 물으려고 다시 입을 열려던 순간, 유야가 “오늘은 이만 돌아가는 게 좋겠다”라고 말했다. 조키치는 그저 묵묵히 고개를 끄덕일 수밖에 없었다.

집으로 돌아온 조키치는 자기 집과 붙어 있는 여관 2층으로 몰래 올라가 소데가와 강 쪽을 바라보았다. 여관은 마을에서도 고지대라 불릴 만한 위치에 있었기에 미즈사토 지구를 내려다볼 수 있다는 사실을 그제야 깨달았다.

유야의 집은 저 근처일까……. 눈을 크게 뜨고 바라보는 사이 해가 저물고 강과 마을의 경계가 흐려졌다. 집집이 켜진 희미한 불빛이 조키치의 눈에는 마치 물밑에서 쏘아 올리는 조난 신호처럼 보였다.


그날 밤, 조키치는 할머니의 방으로 불려 갔다. 불길한 예감이 들었다.

"거기 앉거라."

평소보다 엄한 목소리였다. 소반에는 만주가 놓여 있었다. 할머니가 차를 한 모금 들이켜자, 조키치도 만주를 입에 넣었다.

"오늘, 미즈사토에서 뭘 하고 있었던 거냐?"

갑작스러운 질문에 조키치는 거의 씹지도 못한 만주 덩어리를 꿀꺽 삼켰다. 가슴이 메었지만, 동요한 기색을 들키면 안 된다는 생각에 찻잔에는 손을 대지 않았다.

"미즈사토 같은 데 간 적 없어요."

목이 졸린 듯한 목소리가 나왔다.

"순순히 인정해라. 할머니 아는 사람이 네가 거기 있는 걸 봤다."

할머니는 아버지나 어머니처럼 무턱대고 나무라는 법은

없었지만, 얼버무린 대답을 그냥 넘어가지 않는 엄격함이 있었다.

"거기에 친구라도 있는 거냐?"

조키치는 결국 시인했고, 어제와 오늘 있었던 일을 죄다 털어놓았다.

"후타쓰모리라고?"

할머니가 얇은 눈썹을 미간이 사라질 정도로 찌푸렸다.

"이제 다시는 놀러 가면 안 된다."

"왜요?"

"그곳이 어떤 곳인지 예전에 가르쳐줬을 텐데? 남에게 말할 수 없는 일을 저질러 고향을 떠난 사람들이 마을 사람들의 일자리를 빼앗고 제멋대로 눌러앉아 생긴 마을이야."

할머니의 말에는 편견이 역력했다. 어쩌면 미즈사토 지구가 생길 무렵, 토박이와 이주민 사이에 분쟁이 있었던 것일지도 모른다.

"특히……."

할머니는 조키치가 소반에 흘린 만주 부스러기를 손끝으로 집으며 말을 이었다.

"……후타쓰모리라는 집은 안 된다."

"할머니, 아시는 집이에요?"

"그 집 어머니는 미쓰코라고, 공사가 진행될 무렵에 한 살배기 갓난아기를 안고 어디선가 이사와 살기 시작했다."

"왜 가면 안 돼요? 그 아주머니, 저한테 무척 친절하셨는데……."

할머니는 조키치를 쏘아보며 입을 열었다.

"그 여자는 그렇게 남자를 홀리는 데 능한 사람이다. 문란한 여자지."

그러고는 손자에게 할 말은 아니었다는 걸 깨달은 듯 헛기침으로 얼버무렸다.

"아무튼, 앞으로는 절대 미즈사토에 가서는 안 된단다."

할머니는 한결 부드럽게 덧붙였다.

"그곳은 가난한 사람들이 가난한 대로 살아가는 곳이고, 외부 사람이 유람 삼아 드나들 곳이 아니야."

'유람'이라는 말의 뜻은 잘 몰랐지만, 부당하게 꾸지람을 듣는 기분이 들었다.

"어제 오늘 있었던 일은 네 아버지, 어머니에게는 비밀로 해두마."

조키치는 대답을 망설였다.

"알았지? 자, 이제 잘 시간이야."

할머니는 조키치가 말할 틈을 주지 않고 그렇게 딱 잘라 말하고는 몸을 돌려 이불을 펴기 시작했다.

그러나 조키치는 그 집에 가는 걸 멈추지 않았다. 아니, 오히려 자주 드나들기 시작했다. 차츰 유야는 카메라를 가르쳐주게 되었다. 둘이 산에 들어가 하나의 카메라로 곤충이나 꽃, 들새를 찍었다. 암실에서는 필름 현상과 인화까지 배웠고, 조키치는 그것을 여름방학 자유 연구 주제로 삼기로 했다.

오봉(양력 8월 15일에 지내는 일본의 명절—옮긴이)이 지나고 며칠 만에 찾은 어느 날 오후, 유야는 집에 없었다.

"형은 촬영하러 갔어요? 아니면 일용직 일하러?"

그가 없을 때면, 조키치는 미쓰코의 말 상대가 되어주곤 했다.

"오늘은 친구 만나러 갔어."

몸이 좋지 않은 걸까, 그녀는 이불에 누운 채 고개만 돌려 대답했다. '친구'라는 말에 조키치는 묘한 질투를 느꼈다.

"흠. 형한테도 친구가 있구나."

무심코 그런 소리를 내뱉고 말았다.

"같은 현에 사는 카메라 동료들이야. 유야처럼 잡지에 사진을 투고하는 사람들이 모여서 서로 작품을 비평한다더라. 가차 없이 당하고 있지나 않을지……."

걱정스레 말한 뒤, 미쓰코는 조키치에게 몸을 일으켜 달라고 부탁했다.

"계속 누워 있어서 등이 아프거든……. 자, 하나둘, 영 차……. 됐다. 고마워."

미쓰코는 어깨를 작게 들썩이며 숨을 고르면서 조키치를 바라보았다.

"조키치 군이 있어서 다행이야."

"필요한 게 있으면 뭐든 말씀하세요. 우리 집은 여관이라 심부름 같은 건 익숙하거든요."

"고마워. 하지만 그런 의미가 아니야. 유야에게 있어서 다행이라는 뜻이란다."

"네?"

뜻밖의 말이었다.

"그 아이가 프로를 목표로 하는 건 알지? 오늘 모임에도 사진집을 낸 사람이 온다더라. 동료 중에 그런 사람이 나오면 물론 자극도 되겠지만 질투나 조바심도 생기지. 게다가 유야는 내가 이런 상태라서 자기가 사진을 계속하는 걸 죄스럽게 생각하는 것 같아."

유야는 고등학교 졸업 후 이웃 마을에서 혼자 살며 자동차 정비소에서 일했다. 하지만 인간관계에 적응하지 못해 3년 만에 돌아왔다고 했다. 상처 입은 그는 한동안 일도 하지 않고 저축한 돈을 쓰며 좋아하는 사진만 찍으며 지냈다. 그 무렵 미쓰코는 아직 건강했고 일도 할 수 있었다.

이후 유야의 투고작이 신문과 잡지에 조금씩 실리기 시작하면서, 그는 사진으로 먹고살아야겠다는 마음을 굳혔다. 하지만 그즈음 미쓰코가 병으로 쓰러졌다.

"유야는 하루빨리 성과를 내서 프로가 되고 돈을 벌어야 한다고 스스로를 몰아붙이고 있어. 간신히 찾아낸 꿈인데, 좋아하는 일을 그저 좋아한다고만 말할 수 없게 돼서 괴로웠을 거야. 그런데 네가 나타난 거지."

"그렇게 힘들 때 전 방해만 한 거 같은데……."

미쓰코는 고개를 저었다.

"아니야. 조키치 군 덕분에 유야는 분명 사진의 즐거움을 되찾았을 거야."

그녀는 여름인데도 차가운 손을 조키치의 손 위에 겹쳤다.

"앞으로도 그 아이의 친구로 있어주렴."

조키치가 고개를 끄덕이자, 미쓰코는 안도한 듯 조용히 미소 지었다.


"……어라, 술이 다 떨어졌네요. 잠시만 기다려주세요."

조키치는 생각보다 길어진 옛이야기를 잠시 끊고, 프런트로 넘어가 선반에서 됫병만 한 새 병을 꺼냈다. 로비의 괘종시계가 11시를 알렸다.

조키치는 마시던 작은 잔 대신 큰 잔을 꺼냈다. 그러자 손님이 찬술을 따라주었다.

"고맙습니다. 자, 손님도 한잔……. 그런 이유로, 저는 미쓰코 씨의 말을 듣고 무척 기뻤고, 그 기쁨에 들떠버렸던 겁니다. 결국 욕심이 생기고 말았죠."

"욕심이라고요?"

"네. 유야 씨에게 더 인정받고 싶다는 욕심입니다. 그 탓에 오히려 그를 모욕하는 꼴이 되었고, 상처만 주고 말았지요."

찬술은 오히려 목을 뜨겁게 달궜다.

"저는 물에 빠뜨린 카메라를 계속 마음에 두고 있었습니다. 그 실수를 어떻게든 만회하고 싶었어요."

조키치네 집에는 아버지가 취미 삼아 샀지만 거의 쓰지 않는 카메라가 있었다. 몇 년 된 물건이었지만, 유야의 것보다 더 새것 같고 값비싸 보였다. 이게 없어지더라도 아버지는 눈치채지 못하겠지…… 하고 생각한 조키치는 부모의 방에서 그것을 슬쩍했다.

"그날은 상태가 조금 나아졌는지, 미쓰코 씨도 일어나 마루에 앉아 있었어요. 저는 훌륭하게 완성한 여름방학 자유 연구 포스터를 두 사람에게 보여준 뒤, 가방에서 카메라를 꺼내 '숙제를 도와주셔서 고맙습니다'라며 유야 씨에게 내밀었습니다……."

유야보다 먼저 미쓰코의 표정이 변했다. "그 카메라, 어디서 난 거니?"라는 질문에 조키치는 "아버지가 주신 거예요"라고 거짓말했다. 카메라를 뚫어지게 바라보던 유야는 낮은 목소리로 "가져가"라고 했지만, 조키치는 그 말을 체면치레로 받아들이고 "어차피 우리 집에선 안 쓰는 거라서요"라며 필름 두 통과 함께 유야의 무릎 위에 억지로 올려놓았다.

그 순간이었다.

"가져가라고 했잖아!"

폭발하듯 터져 나온 유야의 목소리가 집 안을 울렸다. 벌떡 일어난 그가 발로 필름 상자를 차버렸고, 상자는 덜그럭구르며 방 한쪽으로 날아갔다. 미쓰코가 유야의 무릎 근처에 매달리듯 "그만해!"라고 소리쳤다. 유야의 주먹은 부들부들 떨리고 있었다. 얻어맞겠다. 조키치는 그렇게 생각하며 숨을 죽였다.

분위기를 바꿔놓은 건 미쓰코의 기침이었다. 그녀는 눈물이 맺힐 정도로 기침을 쏟아내며, 조키치와 유야 어느 쪽을 향하지도 않은 채 "그러면 안 돼"라는 말을 반복했다. 카메라를 물에 빠뜨린 일보다도 더 돌이킬 수 없는 짓을 저질렀다는 걸 조키치는 그제야 깨달았다.

"그날…… 어떻게 그 집을 나왔는지 아무 기억이 없습니다. 그때의 카메라는 지금도 우리 집에 있으니 결국은 가지고 돌아왔던 거겠죠. 그것을 끝으로 저는 그들의 집을 다시 찾지 않았습니다. 어리석게도 오히려 제가 상처받았다는 생각에 사로잡혀, 예전처럼 미즈사토 지구를 피해 지내기 시작했습니다. 유야 씨와 우연히 마주친 적도 없었고, 그렇게 다섯 달이 넘게 흘렀습니다. 그리고 잊을 수 없는 이듬해 2월 11일, 유야 씨가 학교에서 돌아오는 길목에서 저를 기다리고 있었습니다…….”

유야가 조키치의 집을 찾아온 적은 없었지만, 여관의 위치를 알고 있었으니 통학로를 짐작하는 건 어려운 일이 아니었을 것이다. 그는 조키치를 인적 드문 뒷골목으로 이끌었다.

만나자마자 반가움이나 기쁨보다 빨리 헤어지고 싶다는 마음이 앞섰다. 얼굴을 똑바로 보지도 못한 채, 몇 분 동안 말없이 먼 길을 돌아 여관 쪽으로 함께 걸었다.

“내일 도쿄에 가. 사진집을 낼 수 있게 됐어.”

불현듯 튀어나온 말에 조키치는 숙이고 있던 고개를 들었다. 올려다본 유야의 얼굴에는 옅은 웃음이 번져 있었다. 이상하게도 그것을 보는 순간, 마음이 풀리며 멀게만 느껴졌던 시간의 벽이 눈 녹듯 사라져버렸다.

“……축하드려요.”

가슴속에 차오르는 감정 때문에 그 한마디를 내뱉는 것이

고작이었다.

"올해의 투고상에 뽑혀서 출판사에서 초청해주었어. 해마다 수상자는 작품집을 내주기로 되어 있으니, 아마 구체적인 협의가 있을 거야. 나, 못 보는 사이에 출세했지?"

"대단하네요. 아주머니도 기뻐하셨죠?"

"물론이지."

유야는 어머니도 도쿄에 모시고 갈 수 있다면 좋을 텐데 하고 아쉬워했다.

"네가 놀러 오던 때보다도 상태가 더 나빠졌어. 동네 의사는 입원해야 한다고 했지만, 우리 집은 건강보험료조차 못 내고 있어서……. 그래도 올해의 투고상 상금과 사진집 수입이 있으면……."

그는 어머니 이야기를 계속했다.

"어머니는 한 살이던 나를 데리고 여기로 이사와 살기 시작했어. 원래 이 마을 사람이 아니고 아버지도 없었으니 사는 게 쉽지 않았지. 거기다 남자 문제로 이상한 소문까지 돌고, 다른 여자들한테는 백안시…… 그러니까 경멸당했어. 그 사람들은 자기 아이들에게 나랑 놀지 말라고 했고, 그래서 난 학교에서도 친구가 없었지."

유야는 추위에 빨갛게 변한 코를 훌쩍였다.

"어머니는 일이 바빠서 밤늦게야 집에 돌아오셨고, 나는 방과 후 혼자 있는 걸 들키기 싫어서 산에 들어가 곤충만 잡곤 했어. 하지만 잡은 곤충을 집에 들여놓으면 어머니가 다 놓아주는 거야. 한 마리 한 마리 이름까지 붙였는데 말이지. 그래서 난 잡은 곤충을 다 죽여서 병에 넣어 신발장 안쪽에 숨겼어. 살아 있으니까 풀어주는 거라고 생각했던 거지. 어머니가 집에 없을 때, 나는 갱지 위에 곤충 사체를 늘어놓고 장난감처럼 가지고 놀았어. 하지만 시간이 지나면 더럽게 변색되고 썩기 시작했지……."

그걸 어떻게든 보존하려고 시도한 것이 계기가 되어 유야는 곤충 표본 만들기에 빠져들었다고 했다.

"처음에는 그냥 종이 상자에 곤충을 핀으로 고정한 게 고작이었어. 역시 곤충은 얼마 못 가 썩었지. 도서관에서 도감이나 사전을 읽으며 소독과 건조, 내장을 꺼내는 기술 같은 걸 알게 됐어. 과학실에서 약품을 조금 훔치기도 하고 미술실에서 나무 조각을 얻기도 했지."

솜씨가 늘면서 만족할 만한 표본을 만들 수 있게 되었지만, 어느 날 몰래 숨겨둔 표본을 미쓰코에게 들키고 말았다.

"어머니는 내가 곤충을 죽이는 걸 잔인하다고 느끼셨어. 그런 짓을 즐겁게 하는 아들을 걱정하셨지. 표본을 전부 버리라고 하고, 내가 반항하자 며칠 후엔 어디서 구했는지 카메라를 한 대 주셨어."

그는 목에 걸린 카메라를 오른손에 들어 보였다. 여름방학 때 조키치도 빌려 썼던, 긁힌 자국이 가득한 그 카메라였다.

"표본을 만드는 대신 사진으로 찍어서 곁에 두라는 의미였어. 그 방법은 어머니가 생각한 것 이상으로 성공했지. 나는 곧바로 카메라에 빠져서 하루에 수십 장씩 찍어댔고, 오히려 어머니를 곤란하게 만들었어. 그땐 당연히 가게에 맡겨 인화했으니, 필름 값에 현상비까지 돈이 엄청 들어갔을 거야. 그래도 어머니 입장에선 내가 곤충 수십 마리 를 죽이고 기뻐하는 것보다 나은 대가였을지도 몰라. 그게 외로움에서 비롯된 행동이라는 걸 알고 있었고, 그 책임이 어머니 자신에게 있다고 생각했던 것 같아."

유야는 카메라에 난 흠집을 사랑스럽다는 듯 쓰다듬었다.

"그렇게 나는 곤충을 죽이는 걸 단번에 그만두고, 약속대로 표본은 버렸어. 다만, 마지막으로 만든 걸작만은 도저히 버릴 수 없었지. 그게 지금도 암실에 숨겨져 있는 그거야."

유야는 장난꾸러기 같은 웃음을 보인 뒤, 이내 쓸쓸한 표정을 지었다.

"어릴 적 내 기억 속 어머니는 전부 뒷모습뿐이야. 어머니는 언제나 바빠 보였거든. 부엌에 서 있는 뒷모습, 일하러 나가는 뒷모습, 집에서 부업을 하는 뒷모습…… 싸운 뒤 울면서 돌아온 나를 혼낼 때도 어머니는 바느질하며 벽을 향하고 있었지. 그럴 리 없는데도 내겐 어머니가 늘 등을 돌리고 있는 것처럼 느껴졌어. 그래서 외로웠지. ……이제 어머니는 부엌에도 서지 못하고 일도 못 해. 그 덕에 나는 매일 어머니 얼굴을 보며 지내. 그런데 참 이상하지. 나는 어머니의 뒷모습이 너무 그리워."

그는 또 코를 훌쩍였다.

"어머니는 나한테 카메라를 권해놓고선 정작 자기가 사진 찍히는 건 끔찍이 싫어해. 이럴 줄 알았으면 건강하실 때 억지로라도 한 장쯤 찍어둘걸 그랬어."

"병만 나으시면 얼마든지 찍을 수 있을 거예요."

"……그래, 그렇지. 이런 나라도 동네에선 '우리 공장에 와서 일해라'라고 말해주는 사장님이 있어. 연말에 일손을 도왔는데, 기계 만지는 건 자신 있어서 꽤 좋게 봐주신 것 같아. '언제든 우리한테 오라'고까지 하셨지. 그런데……."

"그런데?"

"어머니는 내 사진이 좋다고 하셨어. 나는 그 사진으로 어머니께 은혜를 갚고 싶어. 이제 그게 가능해질지도 몰라."

"도쿄까지는 얼마나 걸려요?"

"네 시간쯤. 내일 새벽에 출발해서 오후에 출판사에 들를 거야. 저녁 특급열차를 타고 밤에는 돌아올 생각이야. 거기선 같이 저녁을 먹자고 했는데, 어머니가 계셔서 집을 오래

비울 수 없어."

"조심해서 다녀와요."

"응. 선물 사올게. 미안하지만, 우리 집으로 가지러 와줄래?"

"……가도 되는 거예요?"

"어머니가 널 무척 보고 싶어하셔. 어서 조키치에게 사과하고 오라며, 그날 이후 매일같이 잔소리야."

유야가 조키치의 머리에 손을 얹었다.

"……그때는 미안했어. 갑자기 소리 지르고, 정말 미안하다."

조키치는 아무 말도 할 수 없었다.

"카메라 일은 정말 신경 쓸 필요 없어. 네가 처음 우리 집에 왔을 때, 내가 일부러 망가뜨린 거라고 말했잖아?"

"네."

"물에 빠진 널 보고…… 내가 어떻게 했는지 알아?"

"어떻게라뇨……. 날 구해줬잖아요."

"아니, 그렇지 않아. 난 강에서 허우적대는 널 보고 곧장 카메라부터 들었어. 그러고는 셔터를 몇 번이나 눌렀지. 그러다 네가 완전히 물에 잠긴 걸 보고, 그제야 정신이 번쩍 들었어. 나는 나 자신이 무서워졌어. 어머니가 걱정하던 대로, 혹시 내가 끔찍하게 잔혹한 인간일지도 모른다는 생각에 마음이 얼어붙는 듯했지. 그래서 정신없이 강으로 뛰어든 거야. 물에 빠진 아이를 찍은 필름을 카메라와 함께 없애버리고 싶었으니까."

유야는 쭈그려 앉아 조키치와 눈을 맞췄다.

"그러니까 사과해야 하는 사람은 나야. 미안하다. 용서해줘."

조키치는 용서할 게 아무것도 없다고 생각했다. 그의 고백은 조금도 상처가 되지 않았다. 유야는 사진을 찍지 않고는 살아갈 수 없는 사람이라는 걸 알고 있었고, 무엇보다도 자신을 구해준 사실은 변하지 않기 때문이다.

"……저기요."

"응?"

"아주머니가 형을 혼낼 때 등을 돌린 건 아주머니도 울고 계셨기 때문 아닐까요."

유야는 대답하지 않았다. 그가 그 말을 어떻게 받아들였는지는 알 수 없었다.

두 사람은 사흘 뒤 일요일에 만나기로 약속하고 헤어졌다.

다음 날 12일은 아침부터 큰 눈이 내렸다. 유야가 무사히 도쿄에 다녀왔을까 걱정됐다.

그리고 35년 전 2월 13일, 토요일.

눈은 그날도 계속해서 내렸다. 그때는 토요일 오전에도 수업이 있던 시절이었고, 그 수업을 마치고 나면 집과 여관 앞의 눈을 치우는 일이 기다리고 있었다. 유야와 약속한 날이 오늘이 아니라 다행이라고, 그땐 그렇게 생각했다.

밤 10시쯤, 소방차 여러 대가 사이렌을 울리며 여관 옆길을 지나쳐 갔다.

"미즈사토에서 불이 났대."

마을 소방단원인 아버지가 가장 먼저 소식을 전했다. 조키치는 급히 여관 2층으로 올라가 미즈사토 지구 쪽을 내다봤다. 어둠 속에서 알갱이 같은 불꽃이 보여 순식간에 온몸의 핏기가 가셨다.

목격자의 다소 시적인 표현을 빌리자면, 후타쓰모리 가에서 치솟은 불길은 마치 밤을 빚어내는 듯 검은 연기를 내뿜으며 목조 단층 건물을 삼켜버렸다. 화재를 알아차린 인근 주민이 신고했다. 미즈사토 지구는 제설이 잘되어 있지 않아 소방차가 늦게 도착했다지만, 제시간에 왔더라도 결과는 크게 달라지지 않았을 것이다.

불탄 잔해의 안방 자리에서 두 구의 시신이 발견되었다. 화재로 손상이 심해 얼굴로는 신원을 알 수 없었으나, 나중에 치과 진료 기록을 통해 후타쓰모리 미쓰코와 유야임이 확인되었다.


땡, 하고 로비의 괘종시계가 한 번 울렸다. 밤 11시 반. 조키치의 옛이야기는 끝에 가까워지고 있었다. 손님은 술기운 때문인지, 아니면 시간 탓인지 몸을 느슨하게 흔들면서 계속 이야기를 듣고 있었다.

"화재 다음 날……. 후타쓰모리 가를 찾아가기로 했던 일요일 저녁, 형사 둘이 찾아왔습니다. 불은 집도 헛간도 모조리 태워버렸는데, 집에서 조금 떨어진 눈 위에 골판지가 깔려 있고, 그 위에 우리 여관 이름과 '가네시로 조키치 님께'라고 적힌 꾸러미가 놓여 있었다는 겁니다."

갈색 크라프트지로 포장된 꾸러미는 품에 안아야 할 만큼 컸고, 매직펜으로 자신의 이름이 뚜렷하게 적혀 있었다. 유야 형의 글씨다……. 조키치는 단번에 알아차렸다.

"그때는 불에 탄 시신의 신원이 아직 확정되지 않은 시점이었습니다. 하지만 정황상 미쓰코 씨와 유야 씨임은 의심할 여지가 없었죠. 경찰은 그 꾸러미가 후타쓰모리 집안 사람이 남긴 것일 가능성이 높다고 보았습니다. 그렇다고 수신인이 있는 걸 멋대로 열어볼 수도 없었겠죠. 그래서 본인…… 그러니까 제 손으로 열어달라고 부탁하러 온 겁니다. 부모님은 질겁했지요."

수신인이 초등학생이라는 걸 알게 된 형사들도 어안이 벙벙한 표정이었던 게 기억난다.

"경찰과 소방은 이미 단순한 실화가 아니라고 의심했던

건가요?”

“처음에는 사고로 생각했습니다. 현장에서 석유난로가 안방에 하나, 거실에 하나, 두 대가 발견됐습니다. 여기 있는 것과 마찬가지로 들고 다닐 수 있는 제품이었죠. 그중 안방에 있던 난로가 당시 회수 소동이 벌어졌던 제품이라는 사실이 드러났습니다. 탱크 뚜껑이 불량이라 새어 나온 등유에 불이 붙는 사고가 잦았다고 합니다. 후타쓰모리 가는 라디오 외엔 정보를 얻을 곳이 없었으니, 그런 뉴스를 몰라도 이상할 건 없었겠죠. 하지만 조사 결과, 발화 지점은 난로가 아니라는 사실이 밝혀졌습니다. 실내에 등유를 뿌리고 불을 붙였을 가능성이 높다고 판명된 겁니다.”

“그렇다면……. 후타쓰모리 모자가 불길이 닿지 않은 곳에 꾸러미를 남긴 것이 확인된다면, 그들이 계획적으로 집에 불을 지른 혐의가 짙어진다. 즉, 외부인의 방화가 아니라 동반자살이라는 해석이 성립한다. 그런 말씀이군요.”

조키치는 고개를 끄덕였다.

“꾸러미 안에는 그럼…….”

“네. 이 표본이 들어 있었습니다. 형사들은 내용물이 곤충이라는 걸 알고는 몹시 실망한 기색이었죠.”

조키치는 책상 위에 표본 상자를 세워서 손님에게 뒷면을 보여주었다.

"봉투가 붙어 있군요?"

"그때 그대로입니다. 처음 눈치챈 건 젊은 형사였는데, 얼른 열어보라며 재촉했죠."

봉투 안에는 흑백 사진 한 장이 들어 있었다. 부엌 싱크대 앞에 선 여자의 뒷모습을 찍은 것이었다. 잠옷 위에 한텐을 걸치고, 하나로 묶은 긴 머리를 등에 늘어뜨린 모습이었다. 손은 등에 가려져 있어 무엇을 하는지는 알 수 없었다.

"이 여성분이…… 미쓰코 씨인가요?"

"그렇습니다."

손님은 고개를 살짝 갸웃했다. 몸까지 함께 기울었다.

"……이 사진은 언제 찍은 걸까요? 조금 전 이야기대로라면, 유야 씨는 어머니 사진을 찍지 못한 걸 후회하고 있었어요. 잠옷 차림으로 부엌에 서 있는 걸 보면 병세가 깊어진 뒤인 것 같기도 한데……. 뭐, 아침이라면 잠옷 그대로 집안일을 하는 경우도 있겠지만."

"아니요, 역시 병이 심해진 뒤일 겁니다. 뒷모습이긴 해도, 제가 아는 그녀의 인상에 가깝습니다. 아니, 오히려 그때보다 더 수척해 보일 정도예요."

"봉투에 든 것은 이게 전부였나요?"

"경찰은 편지 한 장쯤 있기를 기대했지만, 이게 전부였습니다. 혹시 모르니 일단 맡아두겠다며 떨떠름한 얼굴로 돌아갔죠. 다만 표본이 틀림없이 유야 씨의 것이고, 수신인 이름도 그의 필적이 확실하다는 제 증언으로 인해 외부인의 소행일 가능성은 거의 사라졌습니다. 경찰은 당연히 조사를 통해 미쓰코 씨의 병세를 알고 있었기에 등유를 뿌리고 불을 붙인 건 유야 씨였을 거라 판단했습니다. 생활고와 어머니의 병, 그 두 가지에 짓눌린 나머지 동반 자살을 택했다고요."

"하지만 유야 씨는 이제 막 앞길이 열리려는 참이었잖아요?"

손님의 당연한 의문에 조키치는 조용히 고개를 저었다.

"……사실 그의 도쿄행은 실의 속에 끝났습니다. 저도 한참 지나서야 알게 된 일이지만요. 초등학생인 제가 사건에 관해 알 수 있는 데는 한계가 있었으니까요."

경찰 조사에 따르면, 출판사에 간 유야는 잡지가 휴간된다는 소식을 들었다고 한다. 언제 다시 재간될지 기약조차 없는 휴간이었다. 원래라면 연간 우수 투고작 특집이 지면에 실리고 봄에는 시상식도 열릴 예정이었지만, 마지막 호에 간단한 선정 보고만 실린다는 말을 들었다. 상금도 10만 엔에서 절반으로 줄었다. 사진집 역시 '마지막 수상자'라는 점에서 출간 가능성은 남았지만, 출간일은 미정이었다.

"그래서 경찰은 유야 씨에 의한 일방적인 강제 동반 자살 가능성까지 고려한 겁니다."

　화재 전날 12일 밤 10시가 지난 무렵, 잠시 눈이 그친 사이 제설 작업을 하던 인근 주민이 도쿄에서 돌아와 허벅지까지 쌓인 눈을 헤치며 집으로 향하는 유야를 목격했다.

　"원래는 더 일찍 돌아올 예정이었는데, 눈 때문에 특급열차가 크게 지연된 모양입니다."

　눈은 새벽부터 다시 내린다는 예보였다. 그 주민은 밤사이 조금이라도 눈을 치워두려고 한 시간쯤 밖에 있었는데, 그사이 후타쓰모리 가의 헛간 쪽에서 빠각빠각 나무를 쪼개는 듯한 소리가 났다. 무슨 일인가 싶어 살짝 집 뒤를 들여다보니, 유야가 밭에서 쓰는 괭이를 들고 헛간을 부수고 있었다. 겁이 난 주민은 아무 말도 못 하고 자기 집으로 달아났다고 한다.

　"암실이 있던 헛간은 유야 씨의 작업장이었습니다. 집에 돌아오자마자 거길 그렇게 엉망으로 부숴버렸다면, 이미 절망의 벼랑 끝에 서 있었다는 뜻이겠죠."

　"강제 동반 자살을 뒷받침할 만한, 이를테면 외상 같은 게 미쓰코 씨 몸에서 발견되었습니까?"

　"그런 건 없었습니다. 만약 그녀가 동의하지 않았더라도 쇠약한 몸으로는 아들의 행동을 막기 어려웠을 거라고 본 거죠. 미쓰코 씨의 사인은 소사燒死, 정확히는 일산화탄소 중독이었습니다. 기도와 폐 상태로 보아, 불길에 휩싸이기 전

이미 의식을 잃었을 가능성이 높다고 했습니다. 제겐 그것만이 유일한 위안처럼 느껴집니다. 틈새가 많은 목조 주택이지만, 창문 틈에는 문풍지가 발려 있는 데다 눈까지 쌓여 집 안 공기가 더욱 밀폐되었을 거라고 소방과 경찰은 추측했습니다."

조키치는 성인이 된 뒤, 당시 현장에 출동했던 옛 소방대원과 경찰이 된 친구에게서 사건에 관한 정보를 얻을 수 있었다.

"창문 틈을 막아둔 건 동반 자살을 위한 준비였을까요?"

"아니요. 단순히 외풍을 막으려는 거였겠죠. 다만 경찰은 현장에서 타다 남은 밧줄을 발견했고……."

"밧줄…… 말입니까."

"그래서 동반 자살을 거부하는 어머니의 몸을 묶었을지도 모른다는…… 그런 의심까지 했던 겁니다."

"그건…… 끔찍한 일이네요."

"결국 유야 씨에게 살인 혐의까지 씌워지지는 않았습니다. 물론 그가 그런 일을 저질렀을 리도 없고요. 저는 바로 이 사진이야말로 두 사람이 합의 끝에 동반 자살을 선택했음을 보여주는 증거라고 생각합니다."

"그게 무슨 뜻이죠?"

"잘 보세요. 미쓰코 씨는 꼿꼿이 서 있는 것처럼 보이지만,

사실은 그렇지 않습니다. 싱크대에 몸을 기대 겨우 버티고 있죠. 두 손으로 뭔가 하는 것 같지만, 실제로는 흉내만 낼 뿐 아무것도 하고 있지 않아요. 이건 부엌에서 일하고 있다는 포즈일 뿐입니다. 저는 이 사진이 집에 불을 지른 바로 그날 찍은 거라고 생각합니다. 사진 찍히는 걸 극도로 싫어했던 미쓰코 씨가 죽음을 결심했기에 병으로 쇠약해진 몸으로 단 한 장만 허락한 뒷모습……. 유야 씨가 그토록 그리워하던, 부엌에 선 어머니의 뒷모습입니다.”

“……유야 씨의 사인은 무엇이었습니까?”

사진에 대한 해석을 막 끝낸 참이었는데, 그걸 무시하는 듯한 질문이었다. 조키치는 미간을 찌푸렸다.

“물론 소사입니다……. 다만 그의 경우 일산화탄소 중독이 아니라, 열상熱傷이 주된 원인으로 보였습니다. 부검 결과 기도에서 고열로 인한 손상이 발견되었고, 불길에 휩싸였을 때 아직 살아 있었던 것으로 여겨집니다.”

조키치는 자신의 마음이 그 순간의 유야에게 향하지 않도록, 일부러 기계적으로 대답했다.

“사인에는 차이가 있었던 거군요.”

“소사라는 건, 열상과 가스 중독, 그리고 산소 결핍이라는 세 가지 요인이 맞물려 발생합니다. 체력이나 장소, 행동에 따라 어느 요인이 크게 작용할지는 당연히 달라질 수 있겠죠.”

“두 사람의 사망 시각에 차이는 없었습니까?”

“……손님은 아무래도 유야 씨가 강제로 동반 자살을 꾀했다. 즉, 미쓰코 씨를 죽였다는 설에 힘을 싣고 싶으신 모양이군요?”

비꼬는 뜻으로 그렇게 말했지만, 손님은 태연하게 답했다.

“합의된 동반 자살이었다 해도 생명을 빼앗는 행위라는 사실엔 변함이 없습니다.”

“체표와 근육이 열의 영향을 크게 받았기에, 이른바 사체 현상으로는 사망 시각을 추정할 수 없었습니다. 다만 부검 결과, 두 사람 모두 식후 서너 시간 경과 뒤에 사망한 것으로 밝혀졌습니다. 미쓰코 씨가 먹은 양은 극히 적었지만, 위장 내용물로 보아 두 사람이 같은 음식을 먹은 것만은 틀림없다고 했습니다.”

“그렇군요…….”

손님의 눈은 술기운 때문인지, 아니면 졸음 때문인지 조금 풀려 있었다. 조키치를 보는 것 같으면서도 어딘가 다른 곳을 향하고 있는 듯했다. 눈의 초점이 맞지 않았다. 그가 던지는 질문들이 그렇듯 어딘가 핀트가 어긋나 있어 불쾌하게 느껴졌다. 조키치는 괜히 이야기를 꺼냈나 싶어 후회까지 밀려왔다.

"한 가지 더 묻고 싶은 게 있습니다."

"뭡니까?"

"유야 씨가 도쿄에서 실망한 채 돌아온 건 사실일 겁니다. 하지만 상을 받았다는 사실 자체는 변하지 않았고, 액수가 줄었다 해도 자신의 작품에 드디어 상금이 매겨졌습니다. 휴간되더라도 잡지에는 평론이 실릴 겁니다. 사진집 역시 출간 가능성이 완전히 사라진 건 아니었죠. 그는 꿈을 향해 나아간다는 실감을 전혀 느끼지 못했을까요?"

"그건……."

아는 체하는 손님의 태도에 반발심이 일어, 조키치는 강한 어조로 맞받았다.

"그는 상을 받음으로써 어머니에게 충분한 치료를 해드릴 수 있다고 생각했습니다. 어머니에게서 받은 카메라로 은혜를 갚을 수 있다고 기뻐했죠. 저는 유야 씨가 사진을 계속 찍은 건 자기 자신을 위해서가 아니라, 미쓰코 씨를 위해서였다고 믿습니다. 미쓰코 씨는 유야 씨의 사진을 좋아했어요. 사진을 찍는 아들을 좋아했지요. 자기 병 때문에 아들이 꿈을 포기하는 일만은 바라지 않았습니다. 그리고 그 마음을 유야 씨는 절절히 알고 있었습니다. 병든 어머니를 지켜야 한다는 부담 속에서 일용직 일로 생계를 잇고 촬영을 계속하는 매일은 정신적으로 참 힘들었을 겁니다. 그러다 도쿄에서 기대를 배신당하자 깊은 실의에 빠졌던 겁니다."

"그러나 아직 미래는 얼마든지 열려 있지 않았습니까. 아까도 말씀드렸듯, 설령 두 사람의 합의가 있었다고 해도 동반 자살은 한쪽이 다른 쪽의 생명을 빼앗는 행위입니다. 조키치 씨가 아는 유야 씨는, 그 정도 실망을 겪었다고 해서 사랑하는 어머니의 목숨까지 빼앗을 사람입니까?"

조키치는 침묵했다. 물론 조키치 역시 유야는 그런 사람이 아니라고 생각했다. 그러나 실제로 유야는 죽음을 택하지 않았나. 손님은 그런 조키치의 속마음을 알지 못한 채 말을 이었다.

"유야 씨는 아는 사장에게서 '언제든 우리 공장에 와서 일해달라'는 말까지 들었다고 하셨죠. 금전적으로 절망할 단계는 아니었습니다. 물론 그는 앞으로도 사진을 중심에 두고 살아가고 싶었을 겁니다. 하루라도 빨리 프로가 되어 자기 가족을 깔본 사람들에게 보란 듯이 되갚아주고 싶었겠죠. 마을 사람들에게 머리를 숙이며 일거리를 얻는 데 저항감도 있었을 거고요. 그렇다고 그에게 어머니의 목숨이 그런 자존심보다도 가벼운 것이었단 말입니까?"

물론 그렇게는 생각하고 싶지 않았다. 하지만……

"그렇다면 손님은 어떻게 설명하시겠습니까? 외부인의 방화라고 주장하시려는 건가요?"

"아닙니다. 불을 지른 건 유야 씨입니다."

조키치는 실소를 흘렸다.

"그럼 결국……."

"하지만 동기는 다릅니다. 그가 자살을 택할 만큼의 절망이 따로 있었던 겁니다."

그때 손님의 눈동자가 어딘가에 초점을 맞춘 듯 보였다. 순간 입술이 굳게 닫혔다가, 곧 열렸다.

"도쿄에서 돌아온 유야 씨는 이미 숨진 미쓰코 씨를 발견했던 게 아니었을까요?"


……대체 이 손님은 남의 이야기를 제대로 듣고 있었던 게 맞나. 아니…… 분명 과하게 술을 권한 내 잘못이겠지.

"잊으셨는지 모르지만, 부검 결과 두 사람은 식사 후 거의 같은 시간이 경과된 뒤에 사망한 것으로 드러났습니다."

조키치는 차분히 말했다. 그러자 손님도 마찬가지로 차분히 대꾸했다.

"식사 후 같은 시간이 지났다고 해서 반드시 함께 먹었다고 단정할 필요는 없습니다. 미쓰코 씨는 화재 전날인 2월 12일 밤, 식후 서너 시간 뒤에 사망했다. 반면 유야 씨는 그다음 날인 13일 밤, 역시 식후 서너 시간 뒤에 사망했다. 그렇게 볼 수는 없을까요?"

조키치는 말문이 막혔다. 이 남자는 도대체 무슨 소리를 하는 건가.

"미쓰코 씨는 화재로 죽은 겁니다. 불이 난 건 13일이었잖습니까."

"일산화탄소 중독의 원인을 화재 때문이라고만 생각할 필요는 없습니다. 유야 씨는 폭설 속에서 어머니가 춥지 않도록 난로 두 대를 모두 켜둔 채 나갔던 건 아닐까요. 두 방을 합쳐야 겨우 20제곱미터 남짓한 집에서 석유난로 두 대가 계속 타고 있었습니다. 미쓰코 씨는 외출도 하지 않고 이불 속에서 지냈을 테니, 혼자 있는 동안 환기할 기회도 거의 없었겠죠. 창문 틈을 봉한 데다 폭설까지 내려 집이 한층 밀폐되었다는 조건은 화재 전날 밤에도 그대로 적용됩니다. 결국 산소 부족이 난로의 불완전연소를 일으켜 실내 일산화탄소 농도가 치솟았겠죠. 게다가 폭설로 유야 씨의 귀가가 크게 늦어지는 불운까지 겹쳤고요."

조키치의 손끝이 떨리기 시작했다. 그는 사진으로 시선을 떨궜다.

"그럼…… 이 사진은 도대체 언제……?"

"주인장이 말씀하신 대로 화재 당일에 찍은 거겠죠. 유야 씨는 죽기 전에 어떻게든 어머니의 사진을 남기고 싶었던 겁니다."

그 말을 듣는 순간, 조키치의 온몸에서 힘이 빠져나갔다.

"앞뒤가 안 맞잖습니까. 당신의 가설대로라면 그때 미쓰코 씨는 이미……."

아…….

"즉, 사진 속 미쓰코 씨는……."

"네. 시신이라고 생각하면 설명이 됩니다."

조키치는 남자의 눈에 초점이 돌아오는 것을 보고 아연실색했다.

"그는 촬영을 위해 어머니의 시신이 경직되기를 기다렸습니다. 그래서 그의 죽음이 다음 날로 미뤄진 겁니다."

"무슨……."

"요리하는 모습을 연상하며, 그는 시신에 포즈를 취하게 했습니다. 경직이 올 때까지 자세를 고정하려고 헛간을 부숴 가져온 널빤지를 밧줄로 묶어 버팀목으로 사용한 겁니다."

"아아……."

"귀가 후 어머니의 시신을 발견한 유야 씨는 깊은 절망에 휩싸여 자신 또한 목숨을 끊으려 했습니다. 그 순간, 마지막으로 단 한 장이라도 어머니의 사진을 남기고 싶다고 생각했고, 실행에 옮겼던 거죠. 잠시나마 절망에서 벗어나려는, 그의 정신이 일으킨 반사적 충동이었을지도 모릅니다."

조키치의 뇌리에 '업業'이라는 한 글자가 떠올랐다.

"그리고 다음 날, 경직된 어머니의 시신을 일으켜 부엌에 세웠습니다. 시신을 따뜻한 방에 두고 싶진 않았을 테니, 난로는 꺼뒀거나 아주 약하게만 켜놨을 가능성이 큽니다. 그 결과 경직은 느리게 진행되어 저녁 무렵까지 기다려야 했습니다. 그렇다 해도 버팀목 없이 세우긴 어려웠을 테니 결국 싱크대에 기댄 듯한 자세가 될 수밖에 없었겠죠. 주인장이 그것을 병으로 기력이 쇠한 탓이라 여긴 것도 무리가 아닙니다. 그렇게 생각하면 미쓰코 씨의 생전 모습을 재현했다고도 할 수 있습니다. 마치……."

거기서 손님은 입을 다물었다. 그러나 그가 무슨 말을 하려던 건지 조키치는 짐작할 수 있었다.

마치…… 곤충 표본을 만들 듯이…….

"촬영을 끝낸 그는 미쓰코 씨가 죽기 전에 먹었던 것과 같은 음식을 먹었습니다. 그것이 도쿄로 외출하던 유야 씨가 어머니를 위해 만들어둔 것인지, 아니면 미쓰코 씨가 직접 만든 것인지는 알 수 없습니다. 다만 미쓰코 씨가 남긴 음식이 있었던 겁니다. 그것이 그의 마지막 만찬이 된 거죠."

미쓰코는 음식을 입에 댄 지 몇 시간 뒤 일산화탄소 중독으로 쓰러졌다. 그리고 몇 시간 후 귀가한 유야가 그녀의 시신을 발견했다. 그때는 아직 시신이 경직되지 않았거나, 진행이 더뎠던 것이리라. 유야는 시신의 경직이 완성되는 다음 날을 기다려 촬영을 마쳤다. 식사를 하고 스스로 죽음을 선택했다.

"……하지만 그는 식사 직후 바로 집에 불을 지른 건 아니잖습니까. 그 몇 시간 동안 도대체 뭘……. 아, 그랬던가."

"네. 허기를 채운 뒤, 사진을 현상하고 인화하는 마지막 일을 시작했던 겁니다."

버팀목을 마련하느라 외벽을 부수긴 했지만, 암실은 아직 쓸 수 있는 상태였을 것이다. 어쩌면 애초에 암실이 필요 없을 만큼 한겨울 미즈사토의 밤은 암흑에 둘러싸여 있었는지도 모른다.

조키치는 새삼 사진을 뚫어지게 바라보았다. 유야에게 인화지는 곧 표본 상자였다. 곤충을, 풍경을, 갈매기와 노인을, 하얀 종이에 가둬 사랑한 것이다.

손님은 유야가 어머니의 죽음에 절망해 스스로 죽음을 택했다고 말했다. 그러나 조키치는 다른 해석도 가능하다고 생각했다.

어쩌면 유야는, 어머니의 시신을 마치 장난감처럼 다루는 자기 자신에게서 공포를 느꼈던 것은 아닐까? 과거 어머니가 걱정했던, 자기 안에 도사린 잔혹함에서 진정한 절망을 본 것은 아닐까?

그래서 물에 빠진 조키치를 향해 들이댔던 카메라를 강물에 묻어버렸듯, 어머니의 생명을 앗아간 불길 속에 스스로를 묻을 결심을 했던 것은 아닐까.

그는 어머니를 찍은 필름도 함께 태워버릴 작정이었다. 현상할 생각도 없었다. 그래서 밥을 먹었다. 정말로 그것을 마지막 행위로 삼을 심산으로. 그러나 그 마음이 변한 것이다.

유야가 마지막으로 입에 넣은 것은 미쓰코가 만든 저녁이었다. 조키치는 확신에 가까운 생각을 품었다. 그녀는 도쿄에서 돌아올 아들을 위해 병든 몸을 무릅쓰고 부엌에 섰다. 변변한 요리를 만들지는 못 하더라도 뭐든 직접 만든 음식을 먹이고 싶었을 것이다. 미쓰코의 부검에서 확인된 음식 흔적은 극히 소량이었다고 한다. 그것은 식사가 아니라, 간이 잘됐는지 맛만 본 흔적이 아니었을까.

어머니가 자신을 위해 만든 음식을 입에 넣으며 유야의 마음에 어떤 변화가 일어났다. 그는 자신의 마지막 작품을, 어머니와 자신이 살아 있었던 증거를 어떻게든 남기고 싶어 졌다…….

조키치는 그렇게 생각할 수밖에 없었다.


말을 거의 나누지 않은 채 술잔만 주고받은 지 얼마나 되었을까. 조키치는 문득 떠오른 일을 이야기하기 시작했다.

"……경찰에서 돌려준 표본과 사진을 부모님과 할머니는

버리려고 했습니다. 형사가 반납하러 왔을 때 제가 집에 없었다면 멋대로 처분했겠죠. 저는 완강히 거부했습니다. 집에 두면 언젠가 버려질까 봐 친구인 고스케에게 맡겨두었죠. 그 친구는 고등학교를 졸업하고 마을을 떠나는 날까지 이 표본을 마치 자기 보물처럼……. 어라, 손님?"

어느새 손님은 자리에 앉은 채 잠들어 있었다. 괘종시계가 자정을 알렸다. 미닫이가 열리며 아내가 얼굴을 내밀었다.

"아직도 마시고 있어? 슬슬 일어나지 않으면 손님께도 폐가 되……. 어머, 벌써 주무시네."

"응, 내가 정리할게."

조키치는 남자를 깨울까 잠시 망설였지만, 마음을 바꿔 살며시 담요를 덮어주고는 조용히 정리를 마쳤다. 프런트에 선 그는 끝내 떠오르지 않던 손님의 이름을 확인하고자 숙박부를 펼쳐 들고 고개를 갸웃거렸다.

거기에는 읽는 법조차 알기 어려운, 물고기 변魚이 들어간 한자로 시작하는 이름이 어린아이 같은 서툰 필체로 적혀 있었다.

대림절의
고치

　오노 경찰서의 오시코시 지로 형사가 묘지에서 에리사와
센을 발견했을 때, 그는 몸을 숙여 꽃을 바치고 있었다. 흰
꽃은 얇게 쌓인 눈과 뒤섞여 눈에 잘 띄지 않았고, 조금 떨어
진 곳에서 바라보는 오시코시의 시선에는 줄기의 녹색만 또
렷하게 들어왔다. 에리사와는 눈을 감고 합장한 채 입술만
살짝 움직였다.

　오시코시는 점점이 이어진 발자국을 밟으며 그에게 다가
가 말을 걸었다. 웅크리고 있던 에리사와는 개구리 장난감처
럼 펄쩍 뛰고는 그대로 엉덩방아를 찧었다.

　“너무 과장이 심하신 것 아닙니까. 사람을 귀신 취급하는
것도 아니고.”

　“……아, 이거 실례했습니다. 경부님 아니십니까.”

"순사부장<sub></sub>(한국의 경찰 계급으로는 경사에 해당한다—옮긴이)입니다. 계급까지 올려 부를 필요는 없어요."

"성격이 그래서요."

에리사와는 느릿느릿 일어나 엉덩이에 묻은 눈을 털었다. 오시코시는 묘비 쪽으로 시선을 옮겼다. 1.5제곱미터 남짓한 석제 받침대 중앙에 판 형태의 묘비가 세워져 있었다. 묘비에는 '인내하는 자를 우리가 복되다 하나니'라는 성경 말씀이 새겨져 있었다. 개인 묘가 아니라 교회가 공동묘지 한 구획을 사들여 함께 쓰는 공동묘역이었다.

"다시 묻겠습니다만, 에리사와 씨는 교인이 아니죠?"

"네."

오늘 오전 참고인 조사에서 에리사와는 이 마을에 온 이유를 "친구의 묘를 참배하러"라고 설명했다.

"그 친구도 기독교인은 아니었지만, 교회의 지원을 받으며 사회 복귀를 목표로 했던 인연으로 이곳에 묻히게 되었다고 합니다. 제가 그와 알게 된 건 그가 노숙하던 시절인데, 이미 완전히 알코올의존자였죠. 어느 날 갑자기 자취를 감춰서 어디 갔나 싶었는데……."

최근 교통사고로 사망했다는 소문을 노숙자 동료들에게서 전해 들었다고 한다.

"……설마 에리사와 씨도 노숙 생활을?"

"그럴 리가요. 예전에 작은 소동으로 알게 된 것뿐이고, 저는 집이 있습니다. 다만 이곳저곳 떠돌다 보니 마치 뿌리 없는 풀처럼 사는 셈이긴 합니다."

그는 묘지 분위기와 어울리지 않는 환한 미소를 보였다.

"교회 묘역의 납골 공간이 텅텅 비었다면서 죽은 뒤가 걱정되면 교인이 되라고 권유받기도 했는데, 그럴 상황이 아니게 됐네요."

뒤쪽으로 돌아가자, 묻힌 이들의 이름이 묘비 뒷면에 새겨져 있었다. 가장 마지막에 새겨진 이름이 에리사와의 친구라고 했다.

"아직 쉰한 살이었습니다. 자칭이지만요."

"그게 사실이라면 저랑 동갑이군요."

"가마타리 목사님은 마흔을 갓 넘긴 정도였죠?"

"마흔둘, 액운의 나이라고들 하죠. 뭐, 그런 미신은 신경도 안 썼겠지만요."

그쳤던 눈발이 다시 흩날리기 시작했다. 종소리가 들려와 오시코시는 무심코 교회 쪽을 바라봤다. 그러나 교회에는 종이 없었고, 있다 해도 들릴 만한 거리는 아니었다. 알고 보니 마을에서 방송하는 시보였다. 시계를 보니 오후 3시 정각이었다.

"……형사님은 절 찾으러 여기까지?"

"맞습니다. 휴대전화로 아무리 걸어도 받질 않아서요. 혹시나 해서 와봤는데 묘지에서 추모하는 데 몇 시간이나 쓰는 겁니까?"

"방금 도착했는데요."

"방금? 교회를 나서서 곧장 묘지로 간다고 하지 않았습니까?"

"그게 말이죠, 형사님. 낯선 동네라 완전히 길을 잃어버렸습니다!"

"그걸 자랑하듯 말합니까?"

"그런데 무슨 일이시죠?"

"무슨 일이라니, 사건에 대해 아는 걸 전부 말해주시죠."

"제가 형사님보다 더 많이 알 리가 없잖아요."

"지금 이야기해주면, 사건 해결에 대한 감사 인사 정도로 끝내드리죠."

오늘 아침, 교회에서 목사가 변사체로 발견되었다. 그때도 이 마을답지 않게 눈이 내리고 있었다.

❖

11월 27일, 일요일. 오전 10시 20분. 오시코시 순사부장은 '스미요시다이 교회'에 도착했다. 신고가 접수된 후 40분

넘게 걸리고 말았다. 새벽부터 내린 눈 탓에 생각보다 도착이 늦어진 것이다. 교회는 작은 언덕 위에 있었다. 스미요시다이는 이 일대의 지명이다.

도로에 면한 정문이 아니라, 건물 뒤편의 뒷문으로 들어가 신발을 벗었다. 거기에서 앞쪽과 오른쪽으로 두 갈래 복도가 뻗어 있었다.

앞쪽 복도의 오른편에는 방들이 줄지어 있었다. 가마타리 다이치 목사의 시신이 발견된 곳은 입구에서 가장 가까운 '집회실'이었다. 긴 테이블과 파이프 의자, 그리고 화이트보드만 놓인 소박한 방이었으나, 중정에 면한 큰 창 덕분에 분위기는 밝았다. 먼저 도착한 수사관들이 이미 작업을 시작하고 있었다.

시신은 깊이 60센티미터 남짓한 벽장 안에서 발견되었다. 왼쪽 옆구리를 바닥에 대고, 벽을 향해 쓰러진 채였다. 뒤통수에는 출혈 흔적이 있었다. 감식반의 허락을 받고 가까이 다가갔다.

"발견 당시, 벽장 문은?"

양쪽 접이문은 지금은 모두 활짝 열려 있었다.

"닫혀 있었다고 합니다."

가장 먼저 출동한 파출소 순경 구와하라가 답했다. 젊은 티가 역력해 긴장이 묻어났고 말투는 딱딱했다.

"발견자가 시신을 움직였나?"

"어깨를 흔들어봤을 뿐, 자세는 바꾸지 않았다고 합니다."

시신이 감춰져 있었다는 사실만으로도 검시 전부터 범죄 가능성이 짙었다. 오시코시는 사지와 손가락, 그리고 양말 위로 발가락까지 만져 보았다. 현장에는 경찰보다 먼저 구급대가 도착했지만, 그들 또한 곧장 병원으로 이송할 필요가 없다고 판단했을 것이다. 사체 경직은 이미 말단까지 진행되어 있었다. 지난밤부터 이어진 한파를 고려하면, 사망 후 최소 반나절 이상 지났음이 분명했다. 주머니에서는 면허증이 든 지갑과 전원이 꺼진 휴대전화, 열쇠고리가 나왔다.

"목사 가족은?"

"부인은 5년 전에 사망했고, 지금은 중학교 3학년인 아들과 둘이 살고 있었다고 합니다. 그런데 그 아이의 행방이 확인되지 않습니다."

"……뭐라고?"

오시코시의 시선이 시신에서 순경 쪽으로 옮겨졌다.

"그러니까 아들이 행방불명 상태입니다. 교회 안에도, 사택에도 보이지 않습니다."

"이름은?"

"가마타리 신입니다."

처음 오시코시는 '신성하다'의 신神이란 한자를 쓰는 줄 알고 거창한 이름이라 놀랐지만, 한자를 묻자 실제로는 '신청하다'의 신申이었다.

"언제부터 행방이 묘연한 거지?"

"어젯밤 8시쯤, 교인 한 명이 이 복도에서 아들과 마주쳤다고 증언했습니다."

원칙적으로 세례를 받은 신도만을 정식 교인으로 친다고 한다.

"그때 그 교인은 목사도 만났나?"

"아닙니다. 현재까지 목사의 목격 정보는 어제 낮 이후로 없습니다."

"아들을 봤다는 교인은 오늘 아침 예배에도 물론 왔겠지?"

"네. 시신을 발견한 사람이기도 합니다."

시신을 발견하고 신고한 건 일요 예배에 온 두 남녀였다. 예배 시작 시각인 9시 30분이 다 되어도 목사가 나타나지 않자 이상히 여겨 건물 안을 찾아다녔다고 한다. 지금은 예배당에서 대기 중일 것이다.

"최초 신고가 소방서에 접수된 게 9시 37분이라 했지? 찾기 시작한 지 10분도 안 돼 벽장까지 열었다는 건 좀 이상해 보이는군."

"그 부분에 대해선, 문 앞에 성경이 있었기 때문이라고 설명했습니다. 물론 평소에 성경이 바닥에 놓여 있는 일은 없다고 하고요."

오시코시는 "이건가?" 하며, 옆으로 누운 시신의 가슴 근처에서 책 한 권을 집어 들었다.

"발견했을 땐 벽장문 밖에 떨어져 있었단 거지?"

"네. 문을 열 때 집어 들었고 그런 다음 시신 곁에 내려 놓았다고 합니다."

"……이상하군. 시신은 숨겨뒀으면서 마치 표식처럼 성경을 두고 가다니."

"확실히 수상하네요."

"이 책은 목사 건가?"

"그게, 교인들 말로는 아닌 것 같다고 합니다."

"본인의 것이 아닌 성경이 시신 곁에 있었다……."

오시코시는 어깨를 으쓱하고 책을 바닥에 내려놓았다.

"그런데 여기가 집회실이라고 했지? 무슨 용도로 쓰는 방인가?"

"주로 회의하는 곳이라고 합니다. 목사와 교인 중에서 뽑힌 장로들이 참여하는 '장로회'라는 게 있는데, 교회 운영에 관한 모든 결정은 그들의 승인을 거친다고 하네요."

"그렇군. 옆방은? 문이 열려 있던데."

"'사무실'입니다. 토요일엔 그곳에서 일요 예배 준비를 하는 경우가 많았다고 합니다."

오시코시는 구와하라 순경을 데리고 사무실로 들어갔다.

"왠지 학교 교무실이 떠오르는데."

"실제로 이곳은 유치원 교무실이었거든요."

"유치원?"

"네. '빛의 고치 유치원'이라고, 5년 전까지 운영되었습니다. 원래 이 교회 이름도 '빛의 고치 교회'였는데, 10년 전 가마타리 목사가 전임자의 뒤를 이으면서 '스미요시다이 교회'로 바꿨다고 합니다. '빛의 고치'라는 이름은 이 지역 전통 산업이었던 양잠업에서 따온 거라는데, 종종 신흥 종교로 오해받기도 했다고……."

순경의 설명에 따르면, 이 마을에 교회가 세워진 건 제2차 세계대전 직후였다. 전도를 하려고 찾아온 목사가 신도에게서 비어 있던 오래된 민가를 제공받으면서 시작되었다.

처음에는 민가 1층을 예배당, 2층을 목사 사택으로 썼지만, 교인이 늘면서 공간이 비좁아져 전도 시작 10년 뒤 새 교회당을 세웠다. 원래 있던 민가는 그대로 목사 사택이 되었다.

가마타리 다이치는 이 교회를 세운 초대 목사의 두 번째 후임으로, 전임자의 급작스러운 죽음을 계기로 10년 전 다른 교구에서 초빙되었다고 한다.

"저기가 목사 사택입니다. 교인들은 '목사관'이라고 부릅니다.”

순경이 중정 너머로 보이는 이층집을 가리켰다. 물론 옛 민가 그대로는 아니고 현대적으로 개축됐지만, 얇게 눈이 내려앉은 맞배지붕에 옛 흔적이 어렴풋이 남아 있었다.

“아까부터 교회 사정에 제법 밝은데, 우리가 도착하기 전에 이미 거기까지 조사한 건가?”

“아닙니다. 미리 알고 있던 것도 있습니다. 파출소 근무자로서 맡은 구역은 늘 파악해두거든요.”

구와하라 순경은 자랑스러운 듯 거수경례를 붙였다.

“참고로 시신이 있던 집회실은 원래 토끼반 교실이었습니다.”

“그건 어째서인지 누에랑은 상관없군.”

맞장구치며 오시코시는 창가로 다가갔다. 그가 있는 남쪽 교회 건물과 북쪽 목사관은 동쪽의 연결 통로를 통해 이어져 있다. 중정은 산울타리에 둘러싸여 있고, 서쪽으로 도로에 면해 있었다.

각 건물의 정문은 서쪽에 있었다. 오시코시가 들어온 뒷문—예전에는 유치원 출입구였다고 한다—은 교회 건물 동쪽에 있었다. 뒷문에서 오른쪽, 즉 북쪽으로 뻗은 복도가 그대로 목사관으로 이어지는 연결 통로였다.

“이게 목사의 책상입니다.”

"누가 뒤진 흔적이 있군."

"아뇨, 늘 이런 상태였다고 합니다."

"농담이야."

책상은 서류로 뒤덮여 있었고, 그 위에 노트북 컴퓨터 한 대가 비스듬히 놓여 있었다.

"이봐, 컴퓨터에 뭔가 남은 건 없었나?"

오시코시는 방 안의 감식반 직원에게 물었다.

"아직 자세히는 안 봤지만, 아마 이것을 작성하던 중이었던 것 같습니다."

감식반 직원이 말한 '이것'은 키보드 위에 놓인 접힌 종이였다. 예배 프로그램, 집회 알림, 봉사활동 보고, 앞으로의 일정 등이 담겨 있었다. 거기에 '성경에 등장하는 곤충'이라는 칼럼까지 있었다.

접힌 선을 따라 종이를 세 번 접으니, '스미요시다이 교회 주보'라는 제목이 쓰인 표지가 나타났다. 매주 발행하는 주보인 듯했다. 보고서를 그대로 쌓아두기 일쑤인 오시코시에게는 매주 발행되는 주보야말로 신의 기적처럼 느껴졌다.

"……응? 이거 작년 거잖아."

표지 발행일이 눈에 들어오자 오시코시는 물었다. 감식 요원이 사견을 담아 답했다.

"같은 시기의 것을 참고한 거 아닐까요? 교회 행사라는 게 어차피 매년 비슷할 테니까요."

컴퓨터 옆에는 책 한 권이 펼쳐진 채 놓여 있었다.

"구약성경이네요."

오시코시의 시선을 눈치챈 구와하라 순경이 말했다.

"딱 보고 아는 건가?"

"페이지 위에 '이사야서'라고 쓰여 있습니다."

그렇게 말해도 오시코시로서는 전혀 알 수 없었다.

"주석이 달려 있으니 해설서 같은 겁니다. 아마 설교 준비 중이었나 보네요."

"뭐야, 자네도 크리스천이었나?"

"어릴 적에 과자를 얻어먹으려고 교회 학교에 다닌 적이 있습니다."

"그거 든든하군."

오시코시는 그렇게 말하며 페이지를 휙휙 넘기다 한 구절에 눈길이 멈췄다.

너희 죄가 주홍 같을지라도 눈과 같이 희어질 것이요.

"구약성경도 기독교 성경인가?"

"물론입니다."

"예수 그리스도도 나오고?"

"아뇨, 나오지 않습니다. 그건 신약 쪽입니다."

"거기서부턴 도무지 모르겠군."

“설명해드릴까요?”

“아니, 사양하겠네. 그럼 시신 옆에 있던 건 어느 쪽이지?”

“그건 구약과 신약의 합본이었습니다.”

“재미없는 대답이군……. 뭐, 됐어. 최초 발견자들은 지금 예배당에서 기다리고 있는 거지?”

“네.”

“호텔 웨딩홀 같은 곳이려나?”

“뭐, 느낌은 비슷합니다.”

“그래도 신경 쓰이는 건 목사의 아들 쪽이야.”

사무실에는 세로로 길쭉한 사물함 네 개가 있었다. 전부 열어봤지만 특이한 점은 없었다.

“중3이면, 열넷이나 열다섯이겠네.”

“사건에 휘말린 걸까요. 아니면…….”

순경은 의견을 묻고 싶어하는 눈치였지만, 오시코시는 아무 대답도 하지 않았다.


뒷문에서 앞으로 뻗은 복도 끝에 문이 하나 있었다.

“목사는 예배 때 늘 이 문으로 들어왔다고 합니다.”

문을 열자, 계단 한 단 높이의 무대 같은 곳 옆으로 나왔다. 예배당 정문에서 보면 오른쪽 구석이다. 왼쪽 구석 벽 앞에는 낡은 오르간이 보였다.

단상 거의 중앙에는 설교대가 있었다. 아마 목사가 설교하는 자리일 것이다. 그 좌우에는 조금 낮은 탁자가 있었는데, 한쪽에는 붉은 초가, 다른 한쪽에는 꽃병이 올려져 있었다. 꽃병에는 연보랏빛이 감도는, 막 피기 시작한 흰 꽃이 꽂혀 있었다.

예배당은 오시코시가 상상했던 호텔 웨딩홀과는 전혀 달랐다. 마치 유치원이나 시골 분교 체육관 같은 분위기였다. 천장 근처의 스테인드글라스 창과 뒷벽의 십자가 부조가 그나마 교회다운 장식이라 할 만했다.

신도석은 나무 장의자 열 개가 두 줄로 간격을 두고 놓여 있었다. 고정된 것이 아니라 옮길 수 있는 가구였다. 맨 앞줄 의자 앞에 남자 한 명이 탁자 위의 꽃을 바라보며 서 있었다. 말을 걸자 남자는 깜짝 놀란 듯 몸을 떨었다. 탁자 때문에 시야에 가렸는지, 오시코시와 구와하라가 들어온 것을 알지 못한 듯했다. 오시코시는 구와하라 순경에게 건네받은 메모를 확인했다. 이 남자가 신고한 에리사와 센일 것이다.

"오노 경찰서의 오시코시라고 합니다. 큰 충격을 받으셨겠지만, 수사에 협조 부탁드립니다."

오시코시는 남자에게 다가가며 인사했다.

"아, 신경 쓰지 마시고……가 아니라, 잘 부탁드립니다."

"음. 혼자 계십니까?"

시신을 처음 발견한 사람은 두 명이라 했는데.

"사노 씨는 잠시 자리를 비우셨습니다. 화장실에……."

"그렇습니까."

기다리는 동안 분위기를 풀어주고자 오시코시는 에리사와에게 말을 건넸다.

"꽃을 좋아하시나 봅니다?"

"꽃도 좋지만, 더 좋아하는 건 꽃에 모여드는 곤충 쪽입니다."

그렇게 말하고 에리사와가 꽃에 손을 뻗은 순간이었다. 갑자기 날카로운 목소리가 예배당에 울려 퍼졌다.

'어쩌고저쩌고 할렐루야!'라고 외친 것 같았지만, 너무 갑작스러워 잘 들리지는 않았다. 정문 쪽을 보니 백발 여자가 서 있었다.

"기다리게 해서 죄송합니다. 사노 교코라고 합니다."

"아니요, 기다리게 한 건 저희 쪽이니까요……. 저, 그런데 방금 그건 무슨 주문…… 아니, 기도 말씀이었습니까?"

두 줄의 장의자 사이를 천천히 걸어 단상 쪽으로 향하는 그녀에게 오시코시는 다소 주눅 든 채 물었다.

"아, 방금 그거요? 저 꽃 이름이에요. 심비디움 할렐루야. 난초의 한 종류인데 값이 조금 나갑니다. 이제 대림절에 들어섰으니 호사를 좀 부려봤죠."

"대림절이라는 건 11월 30일에 가까운 일요일부터 시작되는, 크리스마스를 기다리는 기간을 말합니다."

구와하라 순경이 곧바로 해설을 덧붙였다.

"다들 꽃을 보고 계셨던 것 같은데, 꽃 좋아하시나요?"

"아뇨, 저는 꽃 이름조차 잘 모릅니다. 저분은 꽃보단 곤충을 더 좋아하신다네요."

오시코시가 그렇게 말하며 에리사와를 가리키자, 사노는 눈살을 찌푸렸다.

"어머, 곤충이 있나요? 산 지 얼마 안 된 꽃인데."

"걱정 마세요. 제 착각이었습니다."

에리사와는 꽃대로 손가락을 뻗어 하얀 먼지를 집어냈다.

"혹시 깍지벌레인가 했는데, 그냥 솜뭉치였습니다."

"깍지벌레요?"

"네. 노린재나 진딧물과 비슷한 녀석인데, 암컷은 식물에 붙어 영양분을 빨아먹습니다. 먹는 데만 열중해 움직임도 멈추고, 결국 자기 분비물과 배설물에 몸이 덮여 이런 모습이 되죠."

에리사와가 손끝으로 돌돌 만 먼지를 보여줬지만, 딱히 대꾸할 말이 없었다. 그때였다.

"너희 죄가 주홍 같을지라도 눈과 같이 희어질 것이요 진홍같이 붉을지라도 양털같이 되리라……!"

다시 한번, 날카로운 목소리가 예배당에 울려 퍼졌다. 물론 사노였다.

"지, 지금 건…… 이사야서 말씀이군요."

"어머, 형사님도 성경을 읽으시나 보네요?"

사노의 얼굴이 환히 빛났다.

"아뇨, 아까 잠깐 눈에 들어온 것뿐입니다."

"방금 깍지벌레 이야기가 나와서 생각났거든요. 이사야서 1장 18절이에요. 여기서 '주홍'은 붉은 염료를 가리키고, '진홍'은 그 염료의 원료가 되는 깍지벌레의 한 종류에서 유래한 말이라고 해요."

그러자 에리사와가 끼어들었다.

"'주홍'은 내구성이 뛰어난 염료라, 한번 천에 스며들면 잘 지워지지 않죠. 하지만 하나님은 그 '주홍'처럼 지워지지 않는 죄까지도 없애실 수 있다……. 곧 죄의 사함을 전하는 메시지입니다."

에리사와는 히죽 웃으며 지식을 뽐냈다.

"어머, 에리사와 씨도 성경을?"

"아뇨, 아까 잠깐 눈에 들어온 것뿐입니다."

누군가를 흉내 내며 말했다. 오시코시는 살짝 기분이 상했다. 성경 이야기를 계속 이어갈 수는 없기에 부러 헛기침을 했다.

"그럼 이제 슬슬 오늘 아침 일어난 일을 들려주시겠습니까."

"아, 그 전에요."

사노는 핸드백에서 비닐봉지를 꺼냈다. 이번엔 또 뭘까.

"다들 배고프지 않으세요?"

"……네?"

"곶감이에요. 제가 집에서 말린 거죠."

"……저희는 괜찮습니다. 근무 중이라서요."

구와하라 순경이 내밀려던 손을 도로 거두고는 그대로 이마에 붙여 경례했다. 전혀 무마되지 않았다.

"그렇게 말씀하지 마시고. 배고픔은 악마에게 틈을 내주니까요."

밀어붙이는 기세에 결국 모두가 얻어먹게 되었다. 맛이 들기에는 아직 조금 이르지 않나 싶었지만, 겉이 하얗게 변한 곶감은 속이 녹아내리듯 익어 있어 매우 맛있었다.

"……잘 먹었습니다. 그럼 시작해볼까요. 자리에 앉으시죠."

"아뇨, 그냥 서서 말씀드리겠습니다."

사노가 허리를 꼿꼿이 세우며 대답했기에 참고인 조사는 선 채로 진행되었다. 오시코시는 달콤한 숨을 내쉬며 첫 질문을 던졌다.

"그러니까…… 오늘 예배 참석자는 사노 씨와 에리사와 씨, 두 분뿐이었습니까?"

"아니에요. 세 분이 더 계셨어요. 가와바타 씨는 시신을 발견한 제 비명에 기절하듯 주저앉았고, 시모쓰마 씨는 시신을 보고 기절해버렸어요. 마침 구급차가 와 있었기에…… 원래는 가마타리 목사님을 위해 불렀던 거였지만…… 두 분 다 구급차에 실려 갔습니다. 또 한 분인 이이즈카 씨도 병원에 동행했고요. 곧 돌아오실 겁니다."

"그렇군요……. 소방서에 신고한 보람이 있었네요."

오시코시는 스스로도 알 수 없는 감상을 흘렸다. 어쩐지 오늘은 자꾸 페이스가 흐트러지는 느낌이었다.

"두 분은 이 교회의 교인으로 이해하면 되겠습니까?"

"저는 교회 운영위원을 맡고 있습니다. 에리사와 씨는 오늘이 처음이시고요."

"흠, 처음이라고요?"

형사가 의심했다고 느꼈는지, 에리사와가 황급히 방문 이유를 설명했다. 원래는 친구의 묘소만 방문하려 했는데, 미리 전화로 연락했을 때 목사에게 권유를 받아 예배에 참석하게 되었다는 것이었다.

반면 사노는 가끔 목소리가 갈라질 뿐, 대체로 차분한 태도로 아침의 경위를 담담히 이야기하기 시작했다.

"제가 도착한 건 8시 40분쯤이었어요. 뒷문으로 들어와 곧장 이 예배당으로 왔습니다."

"그 뒷문의 자물쇠는요?"

"맡아둔 열쇠로 열었어요. 다만, 문을 열며 약간 이상하다고 느꼈습니다. 보통은 가마타리 목사님이 먼저 열어두시거든요."

"열쇠를 가지고 교회에 자유롭게 출입할 수 있는 건, 목사님과 사노 씨뿐입니까?"

"가능하다는 의미라면 신 군도 그렇죠. 집에서 연결 통로로 들어올 수 있으니까요. 예전에는 교회를 상시 개방했는데, 이제 시대가 바뀌어서요."

"알겠습니다. 계속 말씀해주시죠."

"정문과 바깥 대문은 안쪽에서 잠겨 있었기에 우선 그것들을 열고, 현관에 장식한 트리 전등을 켰습니다. 현관에는 교인들에게 나눠주는 주보함…… 그러니까 작은 사물함 같은 게 있는데요. 거기서 이번 주 주보를 꺼내 접수대에 준비했습니다. 교회를 찾는 분들께 나눠드리는 건데, 목사님이 전날 미리 넣어두시거든요."

사노는 핸드백에서 주보를 꺼내 오시코시에게 건넸다. 아까 사무실에서 이야기가 나온 바로 그 주보일 것이다. '지난 주 모임' 항목에는 '주일 예배 참석자 남 1명, 여 3명'이라고 적혀 있었고, '예배 헌금 3,300엔'이라고도 쓰어 있었다. 자연스레 300엔의 주인이 궁금해졌다. 칼럼은 '성경에 나오는 곤충'에서 '성경에 나오는 식물'로 바뀌어 있었다. 오시코시는 감사 인사를 건네고 뒤를 재촉했다.

"8시 50분에 이이즈카 씨가, 9시 조금 지나 가와바타 씨와 시모쓰마 씨가 오셔서 평소 참석하는 분들이 다 모였기에 촛대의 초에 불을 붙였습니다. 그때 에리사와 씨가 오신 거예요. 그게 아마……."

"9시 15분입니다."

에리사와가 말을 이어받았다.

"접수대에 아무도 없어서 마음대로 슬리퍼로 갈아신고 안으로 들어갔더니, 사노 씨가 소리를 지르시더군요."

"소리를 질렀다고요?"

되묻자, 사노가 부끄러운 듯이 해명했다.

"소리를 지른 게 아니에요. 새로운 신자가 온 게 워낙 오랜만이라 반가워서 큰 소리로 '어서 오세요!' 하고 외친 거죠. 그랬더니 에리사와 씨가 예배당에서 달아나버리셔서……."

"아, 그게, 수상한 사람으로 오해받은 줄 알았거든요."

"거기서 달아나면 진짜 수상한 사람이 되는 거잖아요."

구와하라 순경이 지극히 타당한 지적을 했다.

"신발을 갈아신느라 우물쭈물하다가 금방 붙잡히고 말았

습니다.”

“도망칠 땐 신발 같은 건 두고 가야죠.”

오시코시는 순경에게 하나하나 맞장구칠 필요는 없다고 주의를 주었다.

“죄송합니다, 사노 씨. 계속 말씀해주시죠.”

“네. 에리사와 씨를 안내하는 사이 9시 30분이 가까워져서 제가 강단으로 올라갔습니다. 집례…… 그러니까 예배를 진행하는 역할도 맡아야 하니까요. 그런데 9시 30분이 되어도 목사님이 오시질 않더군요. 그래서 사무실을 들여다보러 갔습니다.”

목사는 예배 전, 사무실 책상에서 마음을 가다듬곤 했다. 신자가 적게 온 날도 마찬가지였다고 한다. 그 시간을 방해하지 않으려고 아침에는 인사도 생략하고 곧장 예배당으로 들어오는 게 관례라고 사노가 덧붙였다.

“단순히 지각한 거라고는 생각하지 않으셨습니까?”

오시코시는 그녀의 행동이 지나치게 신속하다는 생각이 들어 물었다.

“단순한 지각이라면 그게 더 큰 문제입니다. 주님을 찬미하는 예배는 교회의 생명줄이고, 목사는 그 일을 위해 교회에 임하는 존재니까요.”

사노가 눈살을 찌푸리며 단호히 대답했다.

"사무실에는 안 계셨고, 책상 위는 설교 준비를 하다 말고 떠난 듯한 인상이었습니다. 사무실 전화를 써서 목사님의 휴대전화로 걸어봤지만 연결되지 않았습니다."

발견된 시신이 소지한 휴대전화는 꺼져 있었다.

"그다음은 옆에 있는 집회실을 들여다보다가 벽장 문 앞에 떨어져 있던 성경을 발견했죠."

그녀는 책을 주워 들고 벽장 문을 열었다. 그리고 에리사와의 말에 따르면, 유리가 깨지는 듯한 비명을 질렀다고 한다. 예배실에 있던 에리사와는 깜짝 놀라 의자에서 튀어 올라 소리가 난 쪽으로 달려갔다. 이미 일어선 채 불안해하던 가와바타 도요가 그 비명에 놀라 주저앉은 것은 눈치채지 못했다고 한다.

에리사와도 우선 사무실 안으로 들어갔다. 사노가 문을 열어둔 채였기 때문이다.

"책상 위가 어질러져 있어서 혹시 도둑이라도 든 줄 알고 긴장했습니다."

그 심정은 충분히 이해됐다. 사노가 이야기를 이었다.

"비명을 지른 후, 몇십 초 동안은 멍한 상태였던 것 같습니다. 정신을 차리고 다시 '누구 없어요?'라고 외치자, 옆 사무실에 있던 에리사와 씨가 '여기 계셨군요' 하며 와주셨어요. 이미 늦었다고는 생각했지만, 일단 구급차를 불러달라고 부탁했고…… 에리사와 씨는 이어서 경찰서에도 신고해주셨습니다. 그 후 시신은 그대로 두고, 저는 복도를 건너 목사관으로 향했습니다. 물론 신 군이 걱정돼서였죠."

"저도 뒤따랐습니다. 어쩐지 혼자 남기 싫어서요."

둘이 함께 목사관 안을 돌며 방을 확인했지만, 소년은 보이지 않았다. 밖에도 인기척은 없었다. 그러던 중 사이렌 소리가 들려와 문 앞에서 구급차를 맞이했다. 그사이에 집회실을 들여다본 시모쓰마 다에가 기절하며 쓰러져 현장이 잠시 혼란스러워졌다.

구급대는 목사 대신 신도 두 명을 들것에 싣고 떠났다. 동시에 사노와 에리사와는 구와하라 순경에게 상황을 설명했고, 이후 이곳에서 대기하게 되었다.

"병원에 간 세 분은 모두 교회 교인이신가요?"

"가와바타 씨와 시모쓰마 씨는 맞습니다. 이이즈카 씨는 물론 동료 중 한 분이긴 하지만, 교회에 다닌 지는 아직 반년도 안 되었어요. 세례를 받지 않았으니 정식 교인이라 부르긴 어렵고, 기독교 신자가 되기를 바라는 일종의 예비 신자라고 할까요. 성경 공부도 열심히 하시고 활동 일정도 꼼꼼히 챙기십니다……. 아, 마침 돌아오셨네요."

정문 쪽에서 발소리가 나더니 둥근 얼굴의 덩치 작은 중년 남자가 들어왔다. 딱 보기에도 공손한 인상을 풍기는 사람이었다.

"이이즈카 기요시라고 합니다. 이 교회에서 이런저런 일을 거들고 있습니다."

그는 몇 번이나 고개를 꾸벅이며 오시코시 일행이 있는 무대—사노는 '강단'이라고 불렀다—가까이 다가왔다. 말투에는 이 지역 사람이 아닌 듯한 억양이 섞여 있었다.

"수고 많으셨습니다. 금방 오셨네요."

사노가 격려했다.

"버스는 믿을 수가 없어서 택시를 탔습니다. 다행히 눈길에 익숙한 기사님이었어요."

"배고프지 않으세요? 곶감 좀 드세요."

"아, 아닙니다. 저는 괜찮습니다. 어제 이웃에게서 잔뜩 받아서요."

"가와바타 씨와 시모쓰마 씨의 상태는 어떻습니까?"

"가와바타 씨는 벌써 걸을 수 있게 되셨습니다. 시모쓰마 씨는 만일을 대비해 하루 입원하신다고 하네요."

"걱정이네요. 저도 나중에 병원에 가보겠습니다. 지금은 형사님께 아침 상황을 설명드리던 중이었어요."

"그러셨군요. 잘 부탁드립니다."

이이즈카는 또 몇 번이고 고개를 숙였다. 오시코시는 "막 돌아오신 참에 죄송하지만" 하고 양해를 구한 후 그에게도 아침 상황을 물었다.

"네, 네. 제가 도착한 건 8시 50분쯤이었던 것 같습니다. 장의자를 줄 맞춰 반듯하게 정리하고 정문 청소랑 대문 근처의 눈을 치웠습니다. 그러는 사이에 가와바타 씨와 시모쓰마 씨, 그리고 이쪽 남자분이 오셨습니다."

이이즈카는 에리사와를 가리켰다.

"정신을 차려 보니 어느덧 9시 30분이 되었더군요. 급히 예배당으로 돌아와 성경과 찬송가 악보집을 펼쳤습니다. 그런데 늘 시간 딱 맞춰 시작되는 시모쓰마 씨의 오르간 반주가 들리지 않았습니다. 이상하다 싶어 고개를 들어보니, 집례자인 사노 씨가 설교대 앞에 불안한 모습으로 서 있었습니다. 그제야 가마타리 목사님이 안 계신 걸 알았습니다."

그 후, 사노가 목사를 찾으러 나섰고 시신 발견으로 이어졌다.

"사노 씨가 비명을 질렀을 때 저도 곧장 가려 했습니다만, 가와바타 씨가 주저앉아버려서 시모쓰마 씨와 둘이 돌보고 있었습니다. 그런데 시모쓰마 씨가 '그래도 신경이 쓰여서 가봐야겠다'고 말하며 복도로 나가더니……."

결국 이이즈카는 시모쓰마 다에까지 돌보게 된 셈이었다.

어쨌든 각자의 진술에 모순은 없었다. 오시코시는 신고까지 이어진 경위를 이 정도로 정리하고 질문을 바꿨다.

“여러분이 목사님이 살아 있는 걸 마지막으로 본 건 언제입니까?”

먼저 에리사와가 “저는 전화로만 대화했을 뿐입니다. 어제 오전에 실내화가 필요한지 확인한 게 마지막이었죠”라고 말하고 마치 ‘끝났다’는 듯이 고개를 꾸벅 숙이고 한 발짝 물러섰다. 어쩐지 밉살스러웠다.

“사노 씨는 어떻습니까?”

사노는 어제 오전에 목사와 함께 사무실에 있었다고 증언했다. 11월 결산 준비를 했다고 했다.

“특별히 평소와 다른 모습은 없었습니까?”

“일을 시작하고 곧장 기운 빠지는 일이 있었습니다. 물론 사건과는 무관하리라 생각합니다만.”

“판단은 저희가 하겠습니다.”

“주보를 만들려고 했는데, 컴퓨터 데이터가 몽땅 날아가버렸다고 하셨어요.”

“아, 그렇다면 확실히 기운이 빠지겠군요.”

듣자 하니 사건과 직접적인 관련은 없어 보였다.

“저는 제 일을 끝내고 정오 시보가 울릴 무렵 방을 나왔습니다. 그때까지 목사님은 여전히 거기 계셨습니다.”

“감사합니다. 이이즈카 씨는 어떻습니까?”

“네. 원래는 예배 전날에 청소하는데 어제는 볼일이 있어

그제 미리 해두었습니다. 목사님을 뵌 건 그날이 마지막이었
습니다."

지금까지의 증언이 사실이라면, 가마타리 다이치는 어제
정오부터 밤 10시 무렵 사이에 사망한 셈이다. 밤 10시라는
건 시신의 강직 상태를 근거로 오시코시가 추정한 것일 뿐,
더 정확한 판단은 전문가의 소견을 기다려야 한다.

"그런데 이이즈카 씨, 어제는 무슨 볼일이 있었습니까?"

"아, 그게……."

그는 머뭇거렸다.

"이이즈카 씨는 따님 결혼 축하 모임이 있었어요."

사노가 대신 나서주자, 이이즈카는 둥근 머리를 벅벅 긁으
며 말했다.

"아, 아뇨, 축하 모임이라 해도 그쪽에서 이 근처에 오는
김에 저녁에 레스토랑에서 식사한 정도라, 사실 굳이 쉴 필
요까지는 없었습니다. 아, 아내와 헤어진 이후로 15년 만이
라…… 따, 딸을 다시 만나도 실감이 잘 안 나더군요."

그렇게 말하며 이이즈카가 얼굴을 붉히자, 에리사와가 "이
런 때이지만, 축하드립니다" 하고 머리를 숙였다. 구와하라
순경도 어째선지 경례를 붙이고 있었다.

"그럼, 여러분 말고 교회나 목사 사택을 찾아올 만한 사람
이 더 없습니까?"

잠시 침묵 끝에 입을 연 건 이이즈카였다.

“어, 어제는 꽃 배달이 왔을 겁니다. 저기 놓인 심비디움요. 가마타리 목사님이 오후 2시에 맞춰서 배달해달라고 부탁했거든요.”

“그렇군요. 그러면 수령은 목사님이 하셨겠군요. 가게에 확인해보겠습니다.”

오시코시는 가게 이름을 적어두었다. 적어도 사망 추정 시각 범위는 좁혀질 것이다. 그때 이이즈카가 낮은 목소리로 사노에게 묻는 소리가 들렸다.

“꽃집이라 하니 생각났는데, 12월 6일 주문은 어떻게 할까요?”

“어머, 6일에 뭔가 있었나요?”

“아마, 오후에 다과회가…….”

“다음 달 다과회는 공부 모임 뒤라서 6일이 아니라 7일이에요. 어차피 취소되겠지만요.”

거기까지 들은 오시코시가 끼어들었다.

“……죄송하지만, 그 공부 모임이라는 게?”

일단은 뭐든 메모해두기로 했다.

“매주 수요일, 성경을 통독하며 배우는 모임을 열고 있습니다. 다과회는 부정기적으로 열리지만요.”

“그렇군요, 훌륭하군요……. 그렇지, 성경 이야기가 나와서 말인데, 현장에서 발견된 성경은 목사님의 것이 아니라고 들었습니다만."

"네. 우리 교회에서 쓰는 성경은 맞지만, 분명 본인 것은 아니었습니다. 서명도 필기도 없었으니 누구 것인지는 알 수 없지만 말이죠."

그녀는 표시가 없으니 교회 비품도 아니라고 덧붙였다.

"그런가요……. 조금만 더 협조 부탁드립니다. 마지막으로 신 군에 관해 물어야겠군요. 어젯밤 교회에서 그 소년을 보셨다는 사람이 사노 씨 맞죠?"

"네. 오후 8시쯤이었습니다."

"그 시간에 여긴 무슨 일로?"

"사무실에 수첩을 두고 온 걸 깨달아서요."

"수첩 하나 때문에 굳이요?"

"……일기장으로도 쓰고 있거든요."

"그렇군요. 일기를 남이 보는 것만큼 민망한 일도 없죠."

사노는 "네" 하고 얼굴을 붉혔다. 수첩은 5분도 안 돼 찾았고, 다른 볼일이 없어서 사무실 외에는 들르지 않고 곧바로 돌아갈 채비를 했다고 했다.

"신발을 신고 뒷문 불을 끈 직후, 연결 통로의 불이 켜졌습니다. 당연히 가마타리 목사님인 줄 알고 기다렸는데, 신 군이 나타나서 깜짝 놀랐어요."

“놀랐다고요?”

“그게…… 신 군이 교회에 오는 일은 거의 없거든요. 아이도 놀란 눈치였는지, 저를 보자 곧장 자기 집 쪽으로 돌아가 버렸습니다. 저는 저도 모르게 연결 통로의 불이 꺼질 때까지 기다렸다가 밖으로 나갔습니다.”

“그럼 신 군과는 말도 섞지 않았다는 거군요.”

“네.”

“뒷문 열쇠는요?”

“잠그고 돌아갔습니다.”

“어젯밤 오셨을 때는 잠겨 있었습니까?”

“아뇨, 열려 있었습니다. 목사님이 잠그는 걸 잊으셨거나, 곧 돌아올 요량으로 집에 잠깐 가신 줄 알고 특별히 신경 쓰지 않았습니다.”

오시코시는 질문의 각도를 바꿨다.

“그러고 보니, 목사님의 부인은 5년 전에 돌아가셨다고 들었습니다만.”

“네. 아오이 씨라고, 신앙인으로서도 목사의 아내로서도 훌륭한 분이셨습니다. 젊은 시절의 가마타리 목사님을 신앙으로 이끈 것도 바로 그녀였다고 하더군요.”

“방금 신 군이 교회에 거의 오지 않는다고 하셨죠. 부자 관계는 어땠습니까?”

이 질문에 그녀는 침묵했다. 어떻게 이야기해야 할지 망설이는 기색이었다. 그걸 본 이이즈카가 입을 열었다.

"아드님은 거의 자기 방에서 나오질 않았습니다."

"그건…… 은둔형 외톨이였다는 뜻입니까?"

오시코시가 되묻자, 그는 곤란한 듯 결국 사노의 눈치를 살폈다. 그녀는 한숨을 내쉬었다.

"평범하게 외출도 합니다. 방에서 나오지 않는 게 아니라, 그저 아버지와 교회를 피한 것뿐이에요."

"그건 또 왜……."

"신 군은…… 아버지를 미워했습니다."

사노는 체념한 듯 그렇게 말했다.

형사는 무심코 표정을 굳혔다. 처음으로 사건의 동기가 될 만한 말이 나온 것이다.

"그건…… 심상치 않군요."

"조금 복잡한 사정이 있어요."

그녀는 천천히 눈을 깜빡이고 나서 그 사정을 이야기하기 시작했다. 서두부터 오시코시를 놀라게 하는 내용이었다.

"아오이 씨는 5년 전 8월, 길에서 묻지마 살인범의 칼에 찔려 돌아가셨습니다. 체포된 건 오미야 다케오라는 50대 남자였는데, 알코올의존증 환자였죠. 그래서 심신쇠약을 이유로 형이 감경되었고, 검찰은 항소하지 않아 징역 9년이 확정됐습니다.”

당시 오시코시는 오노 경찰서 소속이 아니었지만, 현 내에서는 큰 사건이었기에 기억에 남아 있었다. 변호인 측은 심신상실을 이유로 무죄를 주장했으니 검찰 측에선 유죄가 나온 것만으로도 다행이었다. 그 피해자가 바로 가마타리 다이치의 아내였을 줄이야.

“그 사건의 충격은 가마타리 목사님의 신앙을 뒤흔들었습니다. 아내를 잃은 유족으로서의 감정과 기독교인으로서의 신앙 사이에서 깊이 괴로워하게 된 거죠.”

사노의 작은 어깨에 힘이 들어가는 게 보였다.

“성경은 ‘너희 원수를 사랑하라’고 가르칩니다. ‘너희 아버지께서 자비로우신 것처럼 너희도 자비로운 사람이 되어라’라고도 하죠. 가마타리 목사님은 교회의 목사로서뿐 아니라, 아내를 살해당한 남편으로서도 탄식 속에서 시험에 들 수밖에 없었습니다.”

이이즈카가 “그런 일이……” 하고 신음했다. 처음 듣는 듯했다.

“목사님은 치밀어 오르는 증오심에 괴로워하면서도 헤어날 실마리를 찾고자 살인사건 유족 모임에도 참여했습니다. 거기에는 같은 슬픔에 잠긴 이들이 있었고, 본래라면 그들에게 신앙을 전하고 구원을 주는 게 교회의 사명이죠. 그러나

목사님은 그 자리에서 단 한 줄의 복음도 전하지 못했다고
합니다."

틈새로 스며든 바람이 피리 같은 소리를 내며 창을 흔들
었다. 그녀는 말을 이어갔다.

"아오이 씨를 사랑했기에 범인을 용서할 수는 없었습니다.
하지만 신앙을 저버린다면, 그것은 곧 아오이 씨의 사랑을
배신하는 것과 다름없습니다……. 그런 상반된 생각에 마음
이 갈기갈기 찢겨 있었겠죠. 신앙이 흔들리고 정신의 조화가
깨지면서 젊음과 자신감으로 가득 차 있던 가마타리 목사님
의 교회 운영에도 흔들림이 생겼습니다. 주님의 말씀을 전해
야 할 설교에서 힘이 사라졌고 신도들 사이엔 불안이 퍼졌
죠."

사노는 아까 예배는 교회의 생명줄이라고 말했다. 어떤 사
정이든 예배를 책임지는 목사의 동요는 신앙 그 자체에 대
한 의심으로 번질 수 있으리라.

"마침내 가마타리 목사님이 장로회에 사임 의사를 밝혔을
때, 많은 신도는 그것이 목사님과 교회를 위한 최선의 선택
이라 여겼습니다. 하지만 저는 반대했고 강하게 만류했습니
다. 장로들에게도 이런 때일수록 단결해 가마타리 목사님을
지켜야 한다고 주장했죠. 그러나 뜻을 모으지 못했고, 결국
교체를 바라던 다수의 신자가 스미요시다이 교회를 떠나고

말았습니다.”

그게 지금 교회가 이렇게 황량한 이유구나, 하고 오시코시는 납득했다.

“남은 이들로 어떻게든 예배만은 이어갔습니다. 이웃 교회에 도움을 청한 적도 있었습니다. 하루하루가 외줄타기였어요. 가마타리 목사님이 어둠에 빠지지 않도록 저희가 발판의 밧줄을 끝까지 붙들고 있어야 했습니다. 사건으로부터 2년이 지난 어느 날, 모두들 지쳐갈 무렵 소식이 전해졌습니다. 복역 중이던 오미야가 자살했다는 소식이었어요.”

오시코시의 기억에 의하면, 오미야는 화장실 배관에 속옷을 묶어 목매달아 자살했다.

“그리고 한 달 뒤, 가마타리 목사님이 제게 말씀하셨습니다. ‘오미야 다케오의 유골을 교회의 공동묘역에 매장하고 싶다’고요.”

“……뭐라고요?”

“오미야는 무연고자로서 공영 묘지에 묻혀 있었습니다. 그걸 교회에서 맡겠다고 나선 겁니다.”

“아내를 죽인 가해자를 아내와 같은 무덤에요……?”

도무지 믿기 힘든 이야기였다.

“……목사님이 오미야를 용서했다는 뜻입니까?”

“용서는 하나님께서 하시는 겁니다. 저희는 다만 기도할

뿐이죠."

"……이해하기 어렵군요."

오시코시는 솔직한 감상을 말했다. 한순간 바람이 멎고, 교회 안에 겨울의 고요가 감돌았다.

"이해할 수 없어도 받아들이는 것이 우리에겐 중요합니다."

사노는 쓸쓸하게 미소 지었다.

"삶에 고통스러운 일이 닥치면, 우리는 종종 신앙을 의심하고 주님을 원망합니다. 주님이 계시다면 왜 이런 시련을 주시냐고요. 하지만 우리가 슬퍼할 때 주님도 함께 슬퍼하십니다. 우리가 신앙을 저버리지 않고 시련을 이겨내길 기다리시죠."

"하지만 그걸 아이에게까지 납득시키려 하는 건 가혹하지 않습니까?"

"네. 그래서 신 군은 아버지와 교회를 미워하고 거부하며 방에 틀어박히게 된 겁니다."

"목사님은 그 단절마저 받아들였다는 겁니까?"

비아냥이 튀어나왔다. 사노는 작게 고개를 저었다. 마치 오시코시를 가엽게 여기는 듯이.

"기다림 또한 하나의 시련입니다."

오시코시는 아직 뭐라 더 말하고 싶었지만, 사노가 먼저 말을 이었다.

"그 뒤로 가마타리 목사님은 알코올의존증 환자들의 사회 복귀를 돕는 단체와 교류하게 되었습니다. 그룹 테라피에도 참가하고, 교회의 잡무를 회복을 향한 중간 단계의 일로 제공하기도 했습니다."

한숨에 말을 끝맺은 사노의 어깨에서 힘이 풀렸다. 이이즈카는 고개를 떨군 채 중얼거렸다.

"전혀 몰랐습니다."

그는 충격받은 기색이었다. 잠시 말이 없던 에리사와가 조심스레 입을 열었다.

"……사실 제가 이번에 묘를 찾아온 친구도 알코올의존증 환자였습니다. 목사님이 관여하던 단체의 지원을 받고 있었죠."

"사정은 잘 알겠습니다. 하지만 아버지와 거리를 두던 신 군이 어젯밤 교회 쪽으로 온 이유는 뭘까요?"

오시코시의 질문에 사노는 "모릅니다" 하고 바로 대답했다.

"현장에 있던 성경 말인데, 신 군의 것일 가능성은 없습니까?"

"글쎄요. 다만 신 군은 방에 틀어박히게 된 직후, 자기 방에 있던 교회와 관련된 책을 전부 버렸다고 가마타리 목사님께 들은 적이 있습니다."

오시코시는 하나 더 떠오른 의문을 던졌다.

"사노 씨는 이 교회를 떠나야겠다고 생각한 적이 한 번도 없습니까?"

그 물음에 그녀는 똑바로 눈을 마주치며 대답했다.

"성령의 부르심을 받아 섬기는 이상, 시련 또한 주님이 내리신 선물이라 여겨야겠죠."

정면으로 응시당하자, 오시코시는 제대로 알지 못하면서도 고개를 끄덕일 수밖에 없었다.

"……제가 교회에 다니기 시작한 지 벌써 50년입니다. 지금도 '빛의 고치 교회'라는 옛 이름으로 불러버릴 때가 있어요."

그녀는 오시코시에게서 시선을 돌리고 약간 먼 곳을 바라보는 눈빛을 보였다.

"예전엔 목사관이 교회의 별채처럼 취급돼서 가족의 사생활이 전혀 존중되지 않았습니다. 교회가 그 건물에서 시작됐다는 역사도 있고 해서 어쩔 수 없는 면도 있었죠. 하지만 그런 생각은 시대에 맞지 않는다는 의견이 있어서, 가마타리 목사님을 모실 때는 다른 집을 찾아보셔도 된다고 말씀드렸습니다. 그래도 결국 이곳에 거주하게 되었죠. 그게 10년 전, 신 군은 그때 겨우 네다섯 살이었습니다. 그리고 5년 뒤 아오이 씨가 돌아가시고, 다시 5년 뒤에 이런 일이……."

사노의 눈에서 눈물이 흘렀다. 그녀는 작은 소리로 "앗" 하고 말하며 눈 밑을 눌러보았지만, 눈물은 볼을 타고 흘러 예배당 바닥을 적셨다.

"앞으로 처리해야 할 일이 산더미입니다. 우는 건 그 모든 게 끝난 뒤라고 다짐했는데……."

그녀가 이를 악물고 버티고 있었다는 걸 오시코시는 그제야 깨달았다.

이이즈카가 그녀의 어깨를 붙잡고 의자에 앉혔다.

"저, 저도 할 수 있는 한 돕겠습니다."

"고마워요. 모임이나 봉사활동도 다시 검토해야겠네요."

"그러고 보니 곧 고마쓰 정의 양로원을 방문하기로 돼 있었는데, 그건 어떻게 할까요. 말씀만 해주시면 제가 먼저 연락해두겠습니다."

"고마쓰 정……? 아, 그건 걱정 없어요. 거기 계시던 하야마 루쓰 씨는 3월에 소천하셨으니까요."

"……그렇군요."

눈을 감은 사노의 얼굴에는 피로가 짙게 드리워져 있었다. 이이즈카는 걱정스러운 눈길로 그녀를 바라봤고, 에리사와는 무슨 생각인지 천장을 올려다보고 있었다.

이제 슬슬 마무리해야 할 때였다. 오시코시는 협조해준 것에 대한 감사 인사를 전하고, 세 사람의 연락처를 적어두었다.

"곧 현 교인들과 전 교인, 그리고 출입하는 업자들에 대한 명단을 부탁드리게 될 겁니다. 아울러 알코올의존증 환자 지원 단체의 이름도요. ……가능하다면 지원 대상자의 이름도 알고 싶습니다만."

"가능한 범위에서 협력하겠습니다. 하지만 마지막 건은 제 재량으로는 말씀드리기 어렵습니다. 개인의 사생활과 직결되어 있으니까요."

사노는 눈을 감은 채 그렇게 답했다.


참고인 조사를 마친 오시코시는 완전히 지쳐 있었다. 마침 그때 교통 체증 때문에 늦은 본부 감식과와 검시관, 촉탁의가 도착했다.

부하 한 명이 꽃집으로 향해 어제 오후 2시에 심비디움을 배달했다는 기록을 확인했다. 배달원은 뒷문에서 목사 본인에게 직접 꽃을 전달했다고 증언했다. 가져온 수령증에는 힘 있고 각진 필체로 '가마타리 다이치'라는 서명이 남아 있었다. 사망 추정 시각의 세부 사항은 부검에 맡기기로 했으나, 촉탁의의 소견은 대체로 오시코시의 판단과 일치했다.

시각은 오전 11시 반이 다 되어가고 있었다.

오시코시는 목사 사택을 먼저 살펴보기로 했다. 본부 인력이 들이닥치기 전에 해두고 싶었다.

연결 통로의 창문 너머로 중정이 보였다. 교회에 도착했을 때 내리던 눈은 이미 완전히 그쳤다.

서쪽 산울타리 너머로 에리사와 센과 이이즈카 기요시가 보였다. 두 사람은 서로를 위로하듯 어깨를 맞대고 있었다. 어쩌면 멀리서 봐서 그렇게 보였을 뿐일지도 모른다. 두 사람은 천천히 길을 건너 언덕길을 내려가며 시야에서 사라졌다. 사노는 이이즈카가 불러준 택시를 타고 먼저 귀가한 상태였다.

목사관에 들어서니 왼편 현관으로 이어지는 짧은 복도 중간에 계단이 있었다. 가마타리 신의 방은 2층이라고 들었지만, 우선 1층부터 둘러보기로 했다.

거실, 부엌, 그리고 목사의 서재로 보이는 방…… 모두 어수선했다. 특히 서재는 엉망이어서 그가 교회 사무실에서 일한 이유를 짐작할 수 있었다. 교회 사무실 쪽은 그나마 발 디딜 틈은 남아 있었으니까. 서재 의자 등받이에는 얇은 담요가 대충 걸쳐져 있었고, 천 끝은 바닥까지 늘어져 있었다.

가파른 계단을 오르니, 판자에서 끼익 소리가 났다.

2층의 한 방은 부부의 침실인 듯했다. 연한 물빛 커튼, 더블 침대, 화장대……. 혼자가 된 목사가 이곳에서 잠을 잤을 것 같지는 않았다. 방은 잘 정돈되어 있었다. 오시코시의 상상을 뒷받침하듯, 벽의 달력은 5년 전 8월에 멈춰 있었고,

자명종도 이미 멎어 있었다.

아래층 거실이나 비좁은 서재에서 목사가 담요를 덮고 몸을 웅크린 채 잠든 모습이 떠올랐다. 그 상상은 어쩐지 발견된 시신의 모습과 겹쳤다.

화장대 위에는 액자 두 개가 있었다. 하나는 세 식구가 함께 찍은 사진, 다른 하나는 강가에서 찍은 어머니와 아들의 스냅숏으로, 두 장 다 가마타리 신은 초등학교 1, 2학년쯤으로 보였다. 그는 한시도 떨어지기 싫다는 듯 어머니에게 매달려 있었다.

사진을 내려놓고 화장대 서랍을 열었다. 두꺼운 노트가 한 권 있었다. 표지 오른쪽 아래에는 '가마타리 아오이'라는 서명이 있었다. 표지를 넘기니 아름다운 글씨로 문장이 빼곡히 적혀 있었다. 성경을 옮겨 적은 듯했다. 하루아침에 쓸 분량은 아니었다.

훑어보던 중 어느 사실을 깨달았다. 아오이는 성경을 순서대로 베껴 쓰지 않았다. 같은 구절이 페이지를 달리해 여러 번 등장했다. 그녀에게 특별한 구절을 반복해 옮겨 적은 것이리라……. 오시코시는 그렇게 생각했다.

노트의 절반을 넘기자 변화가 있었다. 명백히 다른 사람의 글씨로 바뀐 것이다. 꽃 배달 수령증에 있던 것과 비슷한 각진 필체였다. 그리고 그 글은 아오이가 써온 내용을 첫 장부

터 그대로 반복하고 있었다. 성경을 옮긴 게 아니라, 아오이
의 글을 그대로 베낀 것이었다.

더 넘기자 또 변화가 있었다. 갑자기 글씨가 비뚤어지고
크기가 제각각이 되더니, 끝내 판독 불가한 뒤엉킨 선으로
변했다. 그러다 다음 장에선 다시 멀쩡해졌다가, 또다시 난
잡하게 흩어져 마치 마구잡이로 칠해놓은 듯한 페이지가 이
어졌다. 그게 몇 번이나 반복되었다.

목사의 소리 없는 절규가 들려오는 듯했다. 그 괴로움이
가슴에 얽히는 듯한 느낌에 오시코시는 그것을 떨쳐내려는
듯 "후우" 하고 길게 숨을 내쉬었다.

노트를 서랍에 다시 넣고 나서야 뭔가 빠진 것 같다는 기
분이 들었다. 잠시 생각한 끝에 깨달았다. 성경을 옮겨 적은
노트는 있는데, 정작 성경 그 자체가 보이지 않는다. 이 방이
5년 전 그대로 보존된 것이라면, 아오이의 성경이 있어야 마
땅했다.

가마타리 신의 방문은 열려 있었다. 먼저 와 있던 부하 형
사 한 명이 침대 밑에 기어들어가 뒤지고 있는 게 보였다.

문 바깥 손잡이 옆에는 자물쇠용 고리가 달려 있었다. 링
모양의 잠금장치에 끼워 잠그는, 창고 미닫이문에 자주 쓰이
는 형태였다. 아마도 가마타리 신이 직접 달았을 것이다. 여
닫이문에는 다소 맞지 않는 구조지만, 싸고 설치도 간편하

다. 방을 나올 때는 숫자 다이얼식 자물쇠를 채웠음이 분명했다.

방에 틀어박혀 지냈다는 말을 듣고 오시코시는 아래층 서재처럼 어지러운 공간을 떠올렸는데, 의외로 방이 잘 정돈돼 있어 놀랐다. 문 정면 벽에는 커다란 세계지도 한 장이 붙어 있었다. 자립 가능한 나이였다면 진작 집을 뛰쳐나갔을지도 모른다. 책장에는 만화책과 소설, 책상에는 인터넷이 연결된 컴퓨터가 있었다. 마우스 옆에는 세 자리 숫자 다이얼식 자물쇠가 아무렇게나 놓여 있었다.

붙박이장을 열어 대충 살폈다. 아랫단은 잡동사니로 가득했지만, 윗단은 비교적 깔끔해서 3단짜리 옷 서랍 말고는 백과사전이 놓여 있을 뿐이었다.

한때는 집집마다 백과사전이 있었다. 오시코시의 본가에도 번듯한 세트가 있었다. 산 것이 아니라 쓰레기장에 버려진 걸 아버지가 주워 온 거였지만……. 붙박이장 안에 마치 고물처럼 묶여 쌓인 사전이 그런 기억을 떠올리게 했다.

"어, 언제 오셨습니까?"

침대 밑에서 골판지 상자를 끌어내며 기어 나온 부하가 오시코시를 발견하고 소리쳤다.

"방금."

"이걸 좀 보시죠."

부하가 가리킨 상자 안에는 온통 기독교 관련 책뿐이었다. 사노의 말에 따르면, 가마타리 신은 교회와 관련된 책을 전부 버렸다고 했는데…….

"그리고 이런 것도 떨어져 있었습니다. 책 케이스입니다. 속은 비어 있고요."

부하는 그것이 현장 바닥에 있던 성경 케이스라는 점을 말하고 싶어하는 눈치였다.

오시코시는 생각에 잠겼다.

가마타리 신은 아버지를 미워했다. 교회를 증오했다. 그런데 이곳에 있는 책들은 그가 신앙에 다시 관심을 보였음을 시사한다. 더구나 이것들은 일단 책을 다 버린 후에 새로 사들인 것일 수도 있다. 그렇다면 신이 아버지를 이해하려 했다는 뜻일까? 그러나 '이해'가 반드시 '수용'을 위한 것만은 아니다. '이해'는 '부정'을 위해서도 필요한 법이다.

이해, 수용, 부정. 머릿속에 스치는 단어들이 사노와의 대화를 떠올리게 했다.

사노 교코.

그녀는 가마타리 부자를 속으로는 어떻게 여겼을까.

아내를 잃은 가마타리 다이치의 신앙이 완전히 무너지지 않은 건 그녀의 지지 덕분이었다. 그는 많은 것을 그녀에게 고백했다. 목사가 털어놓고 그녀가 그 이야기를 듣는다…….

어느 시점부터 두 사람의 입장은 뒤바뀌어 있었다.

사노는 새로 온 젊은 목사, 젊어진 교회에 기대를 걸었다. 그렇기에 스스로 방패가 되어 그를 지켰다. 하지만 목사가 다시 일어나 힘을 쏟은 것은 교회 운영이 아니라 알코올의 존중 환자 구제였다. 공동묘역엔 살인자가 묻혔고 교회 활동비는 지원 단체에 흘러 들어갔으며 교인의 수는 좀처럼 늘지 않았다. 게다가 목사의 아들은 신앙을 저주하며 예배에도 나오지 않았다……. 그녀는 가마타리 부자가 자신의 기대를 저버렸다고 느끼지 않았을까.

시신을 발견한 직후, 사노는 신이 걱정되어 목사관으로 향했다고 한다. 그러나 오시코시가 느끼기로는 조사 도중 그녀가 신을 걱정하는 기색은 없었다.

어젯밤, 가마타리 신은 왜 교회에 왔던 걸까. 사노는 정말 수첩을 찾으러 온 것뿐이었을까.

"주임님."

오시코시의 고요한 사색을 부하의 목소리가 깨뜨렸다. 그는 이미 빈 케이스를 들고 복도에 나가 있었다.

"가시죠. 사무실에서 혈흔이 발견됐답니다."

두 사람은 교회로 돌아갔다. 사무실 벽의 돌출된 부분, 콘크리트 기둥 하나에서 혈액 반응이 나왔다고 했다. 목사의 책상 바로 옆이었다. 한편 시신이 발견된 집회실 바닥에서는 피를 닦아낸 흔적이 확인됐다. 검시관은 목사의 죽음을 타살로 판단했다. 후두부의 상처는 사무실 기둥에 부딪혀 생긴 것으로 보이며, 그곳이 실제 범행 현장인 듯했다. 따라서 집회실 바닥의 피는 시신을 옮기는 과정에서 묻은 것이라 추정되었다.

시신 곁에 있던 성경은 가마타리 신의 방에서 발견된 빈 케이스의 내용물이 틀림없었다. 케이스 옆면의 흠집과 책 표지에 남은 옅은 자국이, 책을 케이스에 넣었을 때 하나의 선을 이루고 있었기 때문이다.

그로부터 한 시간이 지나 오후 1시, 현장의 초동수사가 일단락되었다. 시신은 이송됐고 증거품도 확보되었다.

오시코시는 무리에서 벗어나 복도에 서 있었다. 바로 그때 예배당으로 이어지는 문이 열리더니, 원래는 바깥에서 구경꾼 정리를 맡고 있던 구와하라 순경이 나타났다. 그는 꽤 당황한 기색으로 "자, 자, 자"라는 소리를 냈다.

"무슨 일이야. 진정해."

"자, 자, 자수했습니다. 자기가 목사를 죽였다고요."

오시코시는 손에서 메모장과 펜을 떨어뜨렸다.

"누가?"

"이이즈카 기요시입니다. 밀쳐서 죽이고 말았다고."

이이즈카가, 죽였다? 사람 좋아 보이던 그의 둥근 얼굴이 떠올랐다.

"경찰서에 가서 자수한 건가?"

"그게…… 문 앞에 서 있던 저에게 말했습니다."

"뭐라고? 지금도 거기 있어?"

순사는 예배당 쪽을 한 번 돌아보고는 고개를 끄덕이며 목소리를 낮췄다.

"예. 마지막으로 한 번만, 이곳에서 기도하게 해달라고."

떨어진 펜은 바닥 틈새에 끼어 꺼낼 수 없었다.

✦

"이이즈카 기요시는 당신이 자수를 권했다고 말하더군요."

오시코시와 에리사와는 공동묘지 출구 쪽으로 나란히 걸었다. 반쯤 녹아 진흙처럼 변한 눈이 가죽 구두 밑창에 스며들었다.

"어라, 그랬습니까."

에리사와는 마치 남 이야기하듯 태연히 대답했다.

교회에서 내려가는 길을 나란히 걷던 에리사와와 이이즈카의 모습이 오시코시의 마음에 묘하게 남아 있었다. 그래서 이이즈카에게 자수는 혼자 내린 결정이었냐고 물었다. 돌아온 대답은 에리사와가 관여했음을 시사했다.

오시코시는 부하에게 뒷일을 맡기고 취조실을 나왔다. 에리사와를 찾기 위해서였다. 교회를 찾은 건 이번이 처음이라고 했고, 관계자 중에도 아는 얼굴 하나 없다던 사내가 어떻게 이이즈카를 범인이라 간파했을까. 묻지 않고는 견딜 수 없었다.

"그건…… 이이즈카 씨의 착각이 마음에 걸렸기 때문입니다."

"착각이라고요?"

"사노 씨는 그분이 교회 공부도 열심히 하고 행사 일정도 잘 챙긴다며 칭찬했죠. 실제로 만나보니 정말 성실해 보이는 분이었습니다. 그런 그가 행사 일정을 두 번이나 틀렸다는 게 마음에 걸렸습니다."

"……잠깐만요."

오시코시는 메모장을 펼쳤다.

"첫 번째는 꽃 배달 이야기 때였습니다. 이이즈카 씨가 다과회 꽃을 어떻게 할지 사노 씨에게 묻다가 날짜를 잘못 말했고, 사노 씨가 바로잡았습니다."

오시코시는 그때의 메모를 확인했다. '다과회 : 성경 공부 모임 뒤'라고 쓰여 있고, 처음 적어둔 12월 6일이라는 날짜가 7일로 고쳐쓰여 있었다.

"두 번째는 참고인 조사가 끝날 무렵이었습니다. 이이즈카 씨가 요양원 방문이 코앞이라고 걱정했죠. 하지만 그건 애초에 일정에 없던 일이었습니다.”

사노가 말하길, 요양원에 있던 신자는 올해 3월에 세상을 떠났다고 했다.

“물론 열심히 공부하는 사람이라고 해서 날짜를 절대 틀리지 않아야 한다는 뜻은 아닙니다. 다만 열심히 공부하던 사람이기에 도리어 그런 착각을 했을 가능성이 있다고 본 거죠.”

“……무슨 뜻이죠?”

“이이즈카 씨가 교회에 다닌 건 사노 씨 말로는 고작 반년 남짓입니다. 그런 분이 어떻게 그전에 교인이 입주했던 요양원까지 알 수 있었을까요? 다과회 날짜 착각과 함께 생각하다 보니 한 가지 가능성에 생각이 미쳤습니다. 아니, 사실은 반대로 제가 이미 이것을 본 적이 있었기에 무의식적으로 그의 착각에 반응한 거겠네요.”

에리사와는 휴대전화에 찍어둔 사진을 오시코시에게 내밀었다. 뭔가 인쇄된 종이가 찍혀 있었다.

“사무실, 가마타리 목사님의 책상 위에 있던 ‘교회 주보’입니다.”

“이런 걸 왜? 대체 언제 찍은 거죠?”

“사노 씨의 비명을 듣고 제일 먼저 사무실로 뛰어들었을 때입니다. 목사님 책상에서 이 종이를 발견했는데, ‘성경에 등장하는 곤충'이라는 칼럼이 눈에 띄더군요. 나중에 읽어보려고 사진을 몇 장 찍었습니다. 제가 꽃보다 곤충을 좋아하는 편이라서요……. 참고로 해당 주보의 주제는 붉은 색소를 가진 깍지벌레였습니다."

"깍지벌레……. 아, 그래서 그때 사노 교코 씨에게 이사야서 해석을 늘어놓을 수 있었던 거군요. 그 칼럼을 읽은 덕분에."

성경을 읽냐고 물었을 때, 에리사와는 "아까 잠깐 눈에 들어온 것"이라고 답했다. 단순히 오시코시를 흉내 낸 줄 알았는데, 정말로 자신의 눈으로 본 것이었다.

"그러니 만약 그 종이를 조사하면 제 지문이 나올 겁니다. 그건 부디 문제 삼지 말아주세요. 그때만 해도 아직 시신을 보기 전이어서 좀 태평했거든요."

"그건 어쩔 수 없다 쳐도…… 그런데 이 사진이 대체 뭐가 문제라는 거죠?"

그러자 에리사와는 여러 장 찍은 사진 중 한 장을 확대했다.

"거기에 있던 주보는 지난해 같은 시기의 것이었습니다."

"아, 그건 압니다. 이번 주 주보를 만들 때 참고하려고 꺼내둔 거겠죠."

"목사님이 컴퓨터 데이터가 날아가 낙심했다고 하니, 아마 그렇겠죠. 그런데 형사님, 여기를 봐주십시오."

에리사와가 행사 일정이 적힌 부분을 가리켰다. '다과회 : 12월 6일'이라고 쓰여 있고, 그 앞에는 '요양원 가에데(고마쓰 정, 하야마 루쓰 자매 입주) 방문 : 11월 30일'이라고 쓰여 있었다.

"……그렇다는 건."

에리사와가 말하고자 하는 바를 오시코시는 바로 알아챘다.

"이이즈카 기요시는 목사의 책상 위에 있던 지난해 주보를 이번 주 것이라 착각했다는 거군요."

"그럴 가능성이 높다고 본 겁니다."

오시코시는 주보를 접어 표지 쪽을 봤기에 발행 연월일을 눈치챘다. 그러나 책상에 놓여 있을 때는 표지가 뒤집힌 상태였다. 오래 다닌 교인이라면 이것이 과거의 주보라는 걸 금세 알아차렸을지 모른다.

하지만 교회에 다닌 지 얼마 되지 않은 이이즈카는 내용을 읽고도 눈치채지 못하고 갓 만든 최신호라 생각해 그대로 행사 일정을 기억해버린 것이다. 오늘 아침 접수처에서 새 주보를 받았겠지만, 잡무에 쫓긴 그는 그것을 살펴볼 겨를이 없었다.

"목사님이 주보를 만들려다 데이터가 사라진 걸 알게 된 게 어제였죠. 그때 지난 호를 꺼냈을 테니, 이이즈카 씨가 청소하러 왔다는 그저께에는 볼 기회가 없었을 겁니다."

"즉, 그는 어제도 교회에 왔다. 그런데 오지 않았다고 거짓

말을 했다."

"언덕길에서 저는 그 의문을 이이즈카 씨에게 던졌습니다. 하지만 대답은 없었습니다."

"없었다고요?"

"네. 사건에 대해선 그 이상 말하지 않았습니다. 그러니 자수는 이이즈카 씨 스스로 내린 결정이었던 겁니다."

오시코시는 잠시 망설였으나, 여기까지 들은 이상 자신도 정보를 숨길 수는 없다고 판단했다.

"이이즈카 기요시는 가마타리 다이치 목사가 참여하던 알코올의존증 환자 회복 지원 단체에서 도움을 받던 사람이었습니다. 말하자면, 그 자신이 치료 중인 환자였던 거죠. 교회 잡무는 사회 복귀 훈련을 겸해 목사가 맡긴 일이었던 모양입니다."

"……그랬군요."

"이이즈카의 진술에 따르면, 어제저녁 딸의 결혼을 축하하는 자리에 나가기 직전, 그는 교회를 찾았습니다. 의존증에서 회복해 딸과 다시 만날 수 있게 된 것에 대한 감사 인사를 목사에게 제대로 전하고 싶어서였다고 합니다. 목사가 보이지 않자 그는 사무실에서 잠시 기다렸습니다."

아마 이때 낡은 주보를 본 것이리라.

"곧 돌아온 가마타리 목사의 손을 붙잡고 이이즈카는 감사 인사를 전했습니다. 그때 목사의 표정이 돌변했다는군요. 그는 이이즈카에게 '술을 마셨습니까?'라고 캐물었다고 합니다. 이이즈카는 농담인 줄 알고 부정했지만, 목사의 눈빛은 진지했답니다. 갑자기 '지금까지의 노력을 물거품으로 만들 셈입니까!'라고 격노하며 어깨를 흔들어댔죠. 이이즈카는 놀랐고 두려웠습니다. 하지만 무엇보다 슬펐답니다. 누구보다 믿고 의지하며 함께 노력한 가마타리 목사가 자신을 믿어주지 않는다는 사실에 절망한 거죠."

그는 뿌리치듯 목사의 몸을 밀쳐버렸다.

"이이즈카 씨는 정말 술을 마시지 않았던 건가요?"

"마시지 않았다고 진술하고 있어요. 한 가지 생각할 수 있는 건, 축하 자리에 가서 허겁지겁 먹는 꼴을 보일까 봐 집을 나서기 전 이웃에게서 받은 곶감을 먹었다는 점입니다. '잘 익은 감 냄새……'라는 표현이 있죠. 술을 마신 사람의 입김을 빗댄 말이에요. 목사는 이이즈카의 달큼한 숨을 술 냄새로 착각했을지도 모릅니다. 다만 실제로 그 정도로 비슷할지는 의문이지만요……. 요컨대 그만큼 목사는 음주에 과민한 상태였어요. 그는 알코올의존증이 불러온 비극을 피해자 가족으로서 직접 겪은 사람이니까요."

에리사와는 고개를 끄덕이며, 거기에 해석을 하나 더 보탰다.

"알코올의존증 환자가 평생 술의 유혹과 싸우듯, 가마타리 목사님 역시 그들에게 품은 부정적 감정과 계속 싸워왔던 게 아닐까요? 어제는 누를 수 있었던 원망이, 오늘은 신앙을 잠식하려는 듯 고개를 든다. 팽팽하게 당겨놓은 줄이 어느새 느슨해진다……. 매일이 그런 갈등의 연속이었을지 모릅니다."

오시코시는 침실에서 본 노트를 떠올렸다. 현실을 받아들이고, 죽은 아내와 함께 신앙 속에서 살고자 했던 목사의 고뇌와 투쟁의 흔적. 언제든 냉정을 잃을 수 있는 위태로운 균형 위에서 그는 의존증 환자들과 맞서고 있었던 셈이다.

"……이이즈카는 시신을 옆의 집회실에 숨겼습니다. 딸의 결혼 축하 모임이 끝날 때까지만이라도 발각을 늦추고 싶었던 거죠. 일이 끝나면 바로 자수할 생각이었지만, 자신 때문에 딸의 결혼이 깨질 수 있다는 생각에 차마 결단을 못 내렸다고 진술했어요. 그런 그의 등을 당신의 질문이 떠민 셈입니다. 어쨌든 이제는 진술의 신빙성만 확보하면 바로 체포입니다만……."

오시코시는 말을 끊고 걸음을 멈췄다. 몇 걸음 앞에서 돌아보는 에리사와를 노려봤다.

"가마타리 신은 아직 찾지 못했습니다. 이이즈카는 아이의 행방에 대해선 전혀 모른다고 하고요."

"그렇습니까."

"사노 교코 씨와 목사관에 갔을 때, 신의 방에 들어갔었죠?"

"네."

"그럼 침대 밑도 들여다봤겠군요? 뭐, 벽장 속 시신을 본 직후였으니 신도 살해당해 어딘가 숨겨졌을 가능성을 생각했을 테니까요."

"그렇습니다."

"그럼 눈썰미 좋은 당신이 책 케이스를 못 봤을 리 없고, 그걸 현장에 있던 성경과 연결하지 않았을 리 없겠죠."

"……."

"신은 사건에 연루돼 있어요. 당신은 그걸 알고 있었고요. 제 말이 틀립니까?"

오시코시는 상대가 움찔하리라 예상했다. 하지만 에리사와는 오히려 그를 똑바로 쏘아보았다.

"제가 신 군의 행방을 알아맞혀도 그를 그냥 내버려둘 수 있을까요?"

놀랐다. 이 남자, 진심으로 하는 말이다.

"그가 아버지의 시신을 처음 발견했으면서도 신고하지 않은 건 사실일 겁니다. 왜 신고하지 않고 사라졌는가. 그건 신 군에게도 시간이 필요했기 때문입니다. 아무에게도 방해받지 않는 시간 말이죠. 그는 어제 긴 갈등 끝에 드디어 아버지와 대화하기로 결심했습니다. 하지만 일요 예배 전날인데도 교회에 가서 아무리 찾아도 아버지가 없었죠. 불길한 예감이 들어 평소라면 열어보지 않을 곳까지 살폈고, 결국 아버지를 발견했습니다. 목사의 돌연한 죽음은 두 사람의 대화를 영원히 앗아갔습니다. 아버지의 말을 다시는 들을 수 없게 된 그는 절망했을 겁니다. 아버지 본인의 말로 아버지의 마음을 이해할 수 없다면, 거기에 다가가는 길은 하나밖에 없다. 그는 그렇게 생각한 겁니다."

사노의 말을 떠올렸다. 이해할 수 없어도 받아들이는 것이라 했다. 용서가 아니라 기도로 맞서는 것이라고도. 아내의 죽음과, 아내를 죽인 남자의 죽음을 앞에 두고 가마타리 목사가 한 것도 바로 그것이라고.

"즉, 가마타리 신은 기도할 시간을 원했다. 그리고 지금도 어딘가에서 기도하고 있다……는 말인가요."

가마타리 신은 알고 있었다. 괴로워하고 고통받고 기도하며 자신을 기다려준 아버지를.

"……그렇지 않을까요."

에리사와의 목소리가 갑자기 작아졌다. 방금까지의 강한 어조에 스스로도 민망해진 듯했다. 하지만 여기서 말을 멈춰서는 곤란하다.

"어디 있는지 짐작이 가는 바가 있는 거죠?"

"……그 교회의 예전 이름은 '빛의 고치 교회'였습니다. 이 지역에서 한때 성했던 양잠업을 기념해 붙여졌다고 했죠. 목사관은 옛 민가였다 하니, 누에를 치던 집이었을 가능성이 큽니다."

오시코시는 목사관 지붕을 떠올렸다. 맞배지붕은 삼각형으로 지어진 덕분에 세모난 다락 공간이 생기는데, 과거 그곳은 누에치기에 쓰였다. 개축된 목사관은 겉보기엔 3층이 없어 보였고 내부에도 출입구나 사다리는 없었다. 창문도 없으니 방 자체는 사라졌을 가능성이 크다. 하지만 지붕 모양이 그대로이니 공간은 남아 있으리라. 출입구를 막아둔 천장 부분만 열 수 있다면, 오르는 건 어렵지 않다.

생각해보니 단순한 일이었다.

"그럼 어디서 다락으로……."

말을 맺기도 전에 직감이 번쩍 스쳤다. 높다랗게 쌓아둔 백과사전은 발판이 된다. 비밀 출입구는 신의 방 붙박이장 천장이다. 오시코시는 피식 웃었다.

"성경을 벽장 밖에 둔 건 누군가가 시신을 발견해달라는 뜻이었을까요?"

"그럴 수도 있고, 한 번 닫은 문을 다시 여는 게 무서웠던 걸지도 모르죠. 목사님의 시신은 뒤통수의 상처가 그대로 드러나 있었으니까요."

"아버지 곁에 성경을 두고 싶은 마음은 알겠지만, 왜 자기 책을 굳이 가져왔을까요?"

"가마타리 목사님은 평소 돌아가신 아오이 씨의 성경을 애용했다고 합니다. 신 군은 그 성경을 자기가 기도하는 장소로 가져가고 싶었던 게 아닐까요. 거기엔 부모님의 글씨와 흔적이 남아 있으니까요. 대신 자기 성경을 아버지 곁에 두고 간 거죠."

"……음? 잠깐만요. 목사의 성경이 원래는 가마타리 아오이의 것이었다는 건 어떻게 알았죠?"

"집에 돌아가기 직전에 사노 씨가 말해줬습니다. 제가 묻지도 않았는데 갑자기 그런 이야기를……."

"사노 교코 씨 말인가요."

혹시 그녀는 이미 모든 걸 알고 있었던 건 아닐까. 문득 그런 생각이 스쳤다. 오랜 교인이라면 다락방이 있었다는 사실쯤은 기억하고 있을 것이다. 그렇게 생각하니, 그녀가 조사 내내 가마타리 신을 별로 걱정하지 않는 듯 보였던 것도 설명되는 듯했다.

"마지막으로 하나만 더 묻겠습니다. 아까 당신은 가마타리 신이 아버지와 대화하려 결심했다고 했죠. 왜 그렇게 단정하는 겁니까?"

“그거 말고는 그가 교회를 찾을 이유가 없다고 생각하니까요.”

하늘을 올려다보았다. 가슴이 조여왔다.

오시코시는 상상해본다. 창도 없는 다락방에서 몸을 웅크리고 있는 소년을.

손전등 불빛에 의지해 성경의 한 글자 한 글자를 손끝으로 짚어가며 필사적으로 의미를 붙잡으려 하는 소년. 지붕 아래인데도 어째서인지 내리고 있는 눈송이와, 눈송이에 덮여 사라져가는 성경 속 ‘죄’라는 글씨들. 눈은 마침내 신의 몸에 쌓이고, 그는 누에고치가 된다. 손전등 불빛을 받아 은은한 주황빛으로 빛나는 고치.

불현듯 에리사와가 “누에는……” 하고 입을 열어 오시코시는 놀라 두 눈을 크게 떴다. 순간 자신의 마음이 읽힌 줄 알았다. 하지만 그럴 리 없다. 자기도 모르게 생각을 입에 담은 것이리라.

“……누에는 완전히 가축화된 생물이라서 애벌레는 몇 센티미터 떨어진 뽕잎조차 스스로 찾아갈 수 없습니다. 성충 또한 날갯짓해도 날 수 없고요.”

“그는…… 가마타리 신은 그렇게 되진 않을 겁니다.”

“네. 제가 말하고 싶었던 게 바로 그겁니다.”

눈은 내일이면 흔적도 없이 녹아버리리라. 그때까지 그가 모습을 드러내지 않는다면, 다락방으로 맞으러 가자. 그는 아직 어린아이이고, 게다가 배고픔은 악마에게 틈을 내주는 법이니까.

아직은 누에처럼 돌봐줘야 한다. 오시코시는 그렇게 마음 속으로 결심했다.

2012년 3월 15일, 나는 회사 지시에 따라 어느 강연회에 참석 중이었다. 그날 오후 강의 도중, 정말로 불쑥 미스터리의 줄거리가 떠올랐다. 학생 시절엔 미스터리에 푹 빠져 단편 몇 편을 공모전에 내기도 했지만, 작가가 되겠다는 꿈은 진작 접었다고 생각했었다. 그런데도 집에 돌아온 그날 밤부터 컴퓨터 앞에 앉아 소설을 쓰기 시작했고, 두 주 뒤 완성한 단편을 제9회 미스터리즈! 신인상에 응모했다. 그 작품은 최종 심사에 오르지는 못했다. 하지만 그 한 단계 앞인 3차 심사까지 갔기에, 한 번 더 해보자는 마음이 생겼다.

그 무렵 나는 이와테 현에 살고 있었고, 2011년에 일어난 동일본대지진과 원전 사고 이후의 혼란스러운 상황에 지쳐 있었다. 지진으로부터 대략 1년이 지난 바로 그날, 내가 갑자기 미스터리를 써보자고 마음먹은 건 잃어버린 일상을 과거에서 더듬어 끌어와 되찾아보려는 작은 저항이자, 과거에서 가져온 씨앗을 미래를 향해 뿌려두려는 시도였는지도 모른다.

이듬해, 운 좋게도 제10회 미스터리즈! 신인상을 수상했다는 소식을 막 회사를 그만두고 이사 온 홋카이도에서 들었다.

심사평에서도 지적되었듯, 응모작의 분위기는 내가 무척 사랑해 마지않는 아와사카 쓰마오의 '아 아이이치로' 시리즈를 의식한 것이었다. 형편없는 흉내로 판정되면 큰 감점이겠지만, 능청스러운 대사의 공방 속에 진상을 향한 복선을 잘 심을 수만 있다면 분위기 자체가 하나의 트릭이 되어 작은 의외성을 줄지도 모른다고 생각했다. 그때의 나는 익살스러운 문장을 쓰는 데 묘하게 자신이 있었다.

정면으로 던진 공은 헛스윙당하지 않고 말끔히 받아쳐져 스탠드로 날아갔고, 나는 이렇게 후기를 쓸 기회를 얻게 되었다.

이제 벌써 20년 전쯤일까. 야마노테 선 열차 안에서 아와사카 선생님을 뵌 적이 있다. 열차는 한산했지만 나는 문 가까이에 서 있었다. 어느 역에서, 반대편 문으로 아와사카 선생님이 올라타 좌석 가장자리에 앉았다. 나는 몇 정거장에 걸친 망설임 끝에 다가가 악수를 청했다. 선생은 흔쾌히 응해주셨고, 옆자리의 젊은 여자가 의아한 눈빛을 보내자 쑥스러운 듯 "팔리지 않는 작가를 하고 있어서요"라고 설명하셨다.

아마도 약간 술기운이 있으셨던 걸까. 선생님은 내 쪽으로 몸을 돌리며 미소 띤 얼굴로 펜을 움직이는 시늉을 했다. '사인해드릴까요?' 하고 물어주신 것이다. 하지만 내게는 종이도 펜도 없었다. 그렇게 말씀드리자, 선생님은 나서서 사인을 제안한 게 몹시 부끄러운 듯 몸을 잔뜩 웅크리셨다.

그러자 이 대화를 듣고 있던 옆자리 여자가 "이거라도 괜찮으시다면……" 하며 메모지와 펜을 내밀었다. 그야말로 구원의 순간이었다. 그렇게 해서 '아와사카 쓰마오'의 사인은 〈세서미 스트리트〉의 발랄한 일러스트가 그려진 메모지 위에 빨간 잉크로 남게 되었다.


이 연작에서 탐정 역을 맡은 '에리사와 센'은 추리 장면에서 열변을 토한 뒤 문득 그것을 부끄러워할 때가 있다. 그런 에리사와를 그릴 때 내 머릿속에 떠올랐던 이미지는 '아 아 이이치로'라기보다는 아마 그날 아와사카 선생님이 보여준 그 수줍은 표정이었는지도 모른다.

# 서치라이트와 유인등

**1판 1쇄 인쇄** 2026년 3월 10일
**1판 1쇄 발행** 2026년 3월 20일

**지은이** 사쿠라다 도모야
**펴낸이** 문준식
**디자인** 공중정원
**제작** 제이오

**펴낸곳** 내친구의서재
**등록** 2016년 6월 7일 제2020-000039호
**주소** 서울시 성북구 정릉로305, 104-1109 우편번호 02719
**전화** 070-8800-0215  **팩스** 0505-099-0215
**이메일** mytomobook@gmail.com  **인스타그램** mytomobook

**ISBN** 979-11-91803-59-4 03830